全民科学素质行动计划纲要书系

走进女科学家的世界

U0117850

# 基因猎手

## 神经心理学家南茜·韦克斯勒

[美] 阿德勒·格利姆 著

高 原 译

科学普及出版社

·北京·

# 图书在版编目（CIP）数据

基因猎手：神经心理学家南茜·韦克斯勒／（美）格利姆著；高原译.
—北京：科学普及出版社，2009.1
（走进女科学家的世界）
ISBN 978-7-110-06731-4

Ⅰ.基... Ⅱ.①格...②高... Ⅲ.韦克斯勒，N.—传记 Ⅳ.B825.1

中国版本图书馆 CIP 数据核字（2008）第 098242 号

自 2006 年 4 月起本社图书封面均贴有防伪标志，未贴防伪标志的为盗版图书

This is a translation of Gene Hunter by Adele Glimm © 2006. This book is part of the
*Women's Adventures in Science* series, a collection of biographies that chronicles the lives of
contemporary women scientists. First published in English by the Joseph Henry Press. All
rights reserved. This edition published under agreement with the National Academy of Sciences.
著作权合同登记 01-2007-1621
本书中文版权由美国科学院出版社授权科普出版社独家出版，未经出版者许可不得以任
何方式抄袭、复制或节录任何部分

策划编辑：单 亭 许 慧
责任编辑：单 亭 周晓慧
责任校对：林 华
责任印制：安利平

### 科学普及出版社出版

北京市海淀区中关村南大街 16 号 邮政编码：100081
电话：010-62103210 传真：010-62183872
http://www.kjpbooks.com.cn
科学普及出版社发行部发行
北京时捷印刷有限公司印刷

\*

开本：720 毫米×1000 毫米 1/16 印张：7.25 字数：150 千字
2009 年 1 月第 1 版 2009 年 1 月 第 1 次印刷
ISBN 978-7-110-06731-4/B·44
印数：1—5000 册 定价：26.00 元

# 丛书简介

　　《走进女科学家的世界》系列丛书介绍了诸多热衷于科学研究的女性的真人真事。她们中有些人在年轻时就立志要成为科学家，其他人则更晚一些才有这个想法。有些科学家在事业旅程中克服了许多个人以及社会方面的困难，而另一些人的科研道路则可以用平坦宽阔来形容。虽然她们的背景和人生经历不尽相同，但这些非同寻常的女性们都有一个共同的信念：她们所做的工作非常重要并且这些工作可以使世界变得更美好。

　　与其他的传记体丛书不同，《走进女科学家的世界》收录的是当今正在从事科学研究的女科学家的故事。书中记述的每位女科学家都通过各种方式参与到书籍的创作之中，包括讲述自己生活中的一些重要细节，提供个人照片以及其中的故事，动员家人、朋友及同事接受采访，以及解释她们的专业知识以启发和指导青少年读者。

　　本系列丛书能够顺利出版还离不开萨拉·李·斯库普夫和美国国家科学院的无私帮助，他们不仅坚信追求科学真理是我们认识世界的重要手段，而且相信女性一定会在科学的各个领域发挥重要作用。他们希望随着《走进女科学家的世界》的出版，其中那些从充满好奇的女孩变成富于创新和求知精神的科学家的故事能给读者以启迪，并且能够激励那些有天赋和精力的年轻人去思考相似的问题。虽然科研工作的挑战巨大，但其回报却更加丰厚。

# 本书作者简介

阿德勒·格利姆以前写过的关于女科学家的传记作品有《雷切尔·卡尔逊：保护我们的地球》和《伊丽莎白·布莱克威尔：现代第一位女医生》。她的短篇作品在世界上许多国家的出版社出版。她在《作家》杂志上为作家协会撰写文章，还在位于美国纽约长岛的斯托尼·布鲁克大学教授毕业班的写作课程。阿德勒和她的丈夫一起居住在纽约州的纽约市或者斯托尼·布鲁克。

# 本丛书还有：

- ◆ 骨骼侦探：法庭人类学家戴安娜·弗兰茨
- ◆ 机器人世界：机器人设计师辛希娅·布利泽尔
- ◆ 超越木星：行星天文学家海迪·海默尔
- ◆ 强力：物理学家雪莉·杰克逊
- ◆ 预测地球的未来：气象学家冯又嫦
- ◆ 太空石：行星地质学家阿德瑞娜·奥坎普
- ◆ 活的机器：生物力学家米米·寇尔
- ◆ 人与人：社会学家玛塔·蒂恩达
- ◆ 大猩猩山：野生动物学家艾米·维德尔

# 目 录

序言

1. 舞蹈病　1

2. 家族的秘密　15

3. 走遍世界　27

4. "我们不能放弃"　33

5. 冒险和死亡　43

6. "我们都是一家人"　55

7. 预测将来　71

8. 我们找到了!　83

9. 寻找治疗方法　95

南茜·韦克斯勒的生活纪录　106

术语表　108

延伸阅读　110

# 追踪一种致命的疾病

　　南茜·韦克斯勒是一名猎手。她花费大量精力去追踪一个巨大的猎物——一种特殊的基因，或者说是一个遗传学的基本单位。一个人若是从父亲或母亲身上遗传了这种基因，将会患上一种致命的疾病——亨廷顿舞蹈病。南茜自己就可能遗传了这种致病基因。

　　在委内瑞拉的小村庄里南茜进行了很长时间的科学研究，探索有关亨廷顿舞蹈病致病基因之谜。那里的人患上这种疾病的比例是世界上最高的。年复一年，南茜和她的团队对当地人口庞大的家族进行着研究——祖父母、父母、孩子、叔叔、婶婶、侄子等。他们的工作非常辛苦，需要理清家庭成员的关系，检查病人的症状，处理村民们提供的血液样本。当地村民积极配合，这是寻找治疗方法的关键。南茜常常为患有亨廷顿舞蹈病的村民感到伤心，因为她能感受到这些患者深陷病痛之中。她和这些村民拥有相同的DNA，也许存在同样的基因缺陷，她也是这些村民中的一员。南茜坚信，终有一天，科学一定会战胜这种疾病。

　　南茜所从事的工作让她走遍了世界各地，从英国伦敦到巴布亚新几内亚遍布她的足迹。但如果让她概括这一伟大的历程，她会说，那不是一段奇妙的旅程，仅仅只是科学研究本身。

　　对导致亨廷顿舞蹈病的基因的研究可以看作是一部真实生活中的侦探小说。正如南茜所说："我的使命就是尽快找到那个'在逃的杀手'，挽救更多人的生命。"

亨廷顿舞蹈病始终
萦绕在她的脑海里，

也许这种疾病已经
藏在她的基因中。

# 舞蹈病

这里是位于委内瑞拉的一个湖畔村庄，这一天好像村民们都聚集在村子的中心。是迎接某个特殊的时刻吗？抑或是庆祝某个节日？人们三五成群地围聚在一栋煤黑色的小楼附近转来绕去。一些人相互逗着乐儿，另一些人看上去神色紧张，大家都被闷热的天气弄得汗流浃背。

如果你能听懂西班牙语，你就会隐约听到一些议论："听说他们是来帮助我们的……""他们需要好多血呀……""我已经做完了，你也来吧。"但若是仔细听，那些大声的议论让人感觉莫名其妙，从此起彼伏的高谈阔论声中只能捕捉到让人摸不着头脑的只言片语。

在小楼的门口，一个留着浅金色长发的女人把一个幼小的女孩抱起来搂在怀里。一个瘦瘦的小伙子正在门口犹豫不决地徘徊。这位女士温和地告诉他："记住我对你说的话，菲德拉给你抽完血后你可以照常去捕鱼，不会有问题的。"她又拿出一些糖果，递给一个刚从小楼里走出来的小女孩，察看了一下她手臂上贴着的绷带，对小女孩说："祝你有好运气！安娜，我真为你自豪！"

这位金发的女士就是南茜·韦克斯勒，一位美国科学家。此时

南茜和一位勇敢地提供血液样本的小男孩一起开心地大喊（左页图）。在委内瑞拉的马拉塞博湖，有时候只有6岁大的孩子也得去捕鱼来帮助家里维持生计（上图）。

此刻她正在进行一项最终能拯救成千上万条生命的科学研究，也包括拯救她自己。

这个村子里的许多成年人行为非常奇怪。他们的胳膊和腿不停地动着，甚至在他们什么都不做，哪儿也没去的时候也是这样。尽管没有人注意他们的动作，但他们的动作有时候看起来就像在跳舞，而且他们身体都比较虚弱。

有少数孩子也会不由自主地动着，但他们不像在跳舞或肢体抽搐。孩子们的动作迟缓，胳膊和腿就像木板一样僵硬，很难弯曲。

南茜出现在人群中。她绕过小楼的一角，身边跟随着一群孩子，她的手臂紧紧地搂着一个小姑娘。在小楼的一侧，一位年轻的医生正在给一位矮小的原住民做测试，可是他既没有给病人听心脏也没有检查病人的喉咙。这位医生是一位神经病学专家，他给病人做了几项特殊的测试。他先让病人的眼睛跟随医生的手指上移，然后又让病人从脚趾到脚跟都沿着一条

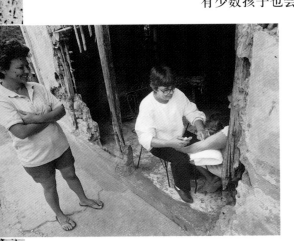

菲德拉·戈麦兹是来自阿根廷的一位护士，她熟练的抽血技术和幽默的个性让正在边上等候的妇女轻松自在多了。

直线向前行走。这位病人按照这些指令做时非常吃力。做完这些后，医生拍了拍病人的肩膀，南茜赶快走上前去拥抱病人，对他说："谢谢，路易斯，你真了不起！"

路易斯离开时走得很慢，一男一女两个十几岁的孩子一直在旁边等着他。南茜和医生谈论起来。医生说："去年我们还不能确诊，但现在可以肯定了。"南茜说："路易斯有7个孩子。""他们怎么样？""目前年幼的孩子情况还可以。"南茜示意医生注意那个和路易斯一起走开的女孩，"但是你看玛丽亚的走路姿势。"医生点点头，忧虑地说："看起来有点僵硬，要是有父亲的遗传可就不妙了。"

南茜也很忧伤地说："是呵，可能很快就会出现了。"

医生开始招呼下一位在棕榈树下等待的妇女。南茜离开这里，身后仍然跟着许多孩子。他们大喊着："南茜，给我看看吧！"南茜再一次走到小楼的大门口，看着人们从这里进进出出。一个本

来正缠着南茜的小男孩突然跑开，奔向一个粗鲁地甩着胳膊走过来的妇女。男孩揪着妈妈的衣服，牵着她走向棕榈树中间的小路。南茜在心中感慨：孩子带着妈妈回家了！在这里孩子们照顾父母是一件极为普通的事，尤其是当他们的父母是被村民称作"帕迪多"的病人的时候。这里和别的地方真不一样。"帕迪多"在当地语言中的意思是"迷失"。

# 捉拿元凶——亨廷顿舞蹈病

这里发生了什么事？为什么有些村民被称作"迷失的人"？这与血液有什么关系吗？

南茜·韦克斯勒可以说是一位侦探，她的工作是对一个凶手，事实上是一群凶手穷追不舍。但是她的工作与警察的工作截然不同，凶手也不是用枪械捕获的。事实上，凶手是一个检测基因，基因是遗传物质的基本单位。这种基因导致一种叫做亨廷顿舞蹈病（Huntington's disease，简称 HD）的疾病，这种病在每 10 万人中大约有 10 例，已经导致了全世界范围内数千人死亡。在美国大约有 30000 人患亨廷顿舞蹈病，超过 15 万人携带致病基因即有可能发病。曾经写过歌曲《这是你的土地》的歌手兼创作人伍迪·古瑟瑞，可能是最有名的亨廷顿舞蹈病患者了。

我们必须要了解，亨廷顿舞蹈病不像水痘或流感那样可以被"控制"，它是一种遗传性疾病，一类被称作"autosomal dominant"的疾病。"autosomal"意为男性或女性都可患上这种疾病。"dominant"意为父母亲只要有一方患上这种疾病，他们的孩子就可能遗传上这种疾病。它还意味着如果孩子遗传了这种病，大多都会因这种病发病导致死亡。其他一些遗传病如囊性纤维化是"隐性的"，即孩子只有从双亲那里都遗传了非正常基因，才会显露出症状。

在父亲或母亲患有亨廷顿舞蹈病的家庭中，每一个孩子都同样有50%的机会遗传致病基因，不管这个家庭有多少个兄弟姐妹都是如此。可以这样来理解：在父母患有亨廷顿舞蹈病的家庭里可能没有一个孩子遗传致病基因，同样也可能这个家庭里的每一个孩子都遗传了致病基因。有一句话常用来描述这样的事实："机会是没有记忆的。"就比如你抛出一枚硬币，它的哪一面朝上和以前抛过的结果一点关系也没有。如果父母一方患有亨廷顿舞蹈病而孩子没有遗传异常基因，他从父母那里复制了正常的基因，他就不会患亨廷顿舞蹈病，他的孩子也不会患亨廷顿舞蹈病，因为健康的基因会一代代传下去了。

亨廷顿舞蹈病可能在儿童时期就发病，也可能到了成年才发病，但一般来说，症状要到病人三四十岁时才开始显现。最早出现的症状是身体上的，如抽搐，容易绊倒，反复做推拉动作等。这些无法控制的动作经常被人描述成"像跳舞一样"的动作。南茜在解释亨廷顿舞蹈病时，常常这样解释那些异常动作：观察那些亨廷顿舞蹈病人就像在看人形木偶戏，病人的胳膊像是被看不见的木偶操纵者牵着来回推拉着，而病人自己一点办法也没有。只有病人睡着了这些无法控制的动作才会停下来。患者还会出现智力和情感方面的症状，包括记忆力减退、情绪低落、攻击性行为等。最终，病人会出现吞咽困难，导致体重下降、衰竭。到目前为止，还没有治愈亨廷顿舞蹈病的方法。

> 观察那些亨廷顿舞蹈病人就像在看人形木偶戏，病人的胳膊像是被看不见的木偶操纵者牵着来回推拉着，而病人自己一点办法也没有。

从父亲那里遗传了致病基因的孩子要比从母亲那里遗传了致病基因的孩子发病早。目前罕见的儿童亨廷顿舞蹈病病例都来自父亲的遗传。南茜非常关心路易斯的小女儿玛丽亚，她走路的姿势已经有点僵硬。患亨廷顿舞蹈病的小孩除了不停地动外，还显得僵硬、呆板。

作为研究亨廷顿舞蹈病的科学家，南茜关注的是致病原因、症状、全世界的发病情况，以及这种疾病应该如何预防、治疗并最终治愈。她获取资料的途径是采集来自全世界不同地区人们的血液

样本。她取的血样既有已经确诊为亨廷顿舞蹈病病人的，也有亨廷顿舞蹈病病人的有患病危险的亲属的，以及其他健康的亲属的。南茜已经在世界上许多地方工作过，如意大利的那不勒斯、西班牙的巴塞罗那、中国的上海，以及以色列等地。

在整个科学研究的过程中，南茜和她的团队经历了许多奇遇。通常他们能够到达要去的地方本身就是一个奇迹。有一次他们乘坐一架小型飞机去巴布亚新几内亚，恰逢当地一座火山处于活动期。后来南茜回到纽约她的实验室后，向她的朋友和工作伙伴朱迪·劳瑞默讲述了这段经历："简直太戏剧化了！所有的树都被砍倒了以防止阻挡逃生的道路。一切都很惊奇却又令人恐惧，到处都贴有警示标志，告诫人们一旦火山喷发应该怎么做。"

在帕尔马·马祖卡，又是一个亨廷顿舞蹈病患者的大家庭。南茜希望自己会的一点点西班牙语能够派上用场。但她后来在报告中提到："马祖卡人都使用卡塔兰语，我的西班牙语几乎派不上用场。幸运的是有一个来自巴拿马的科研小组和我们一起工作。"

在距秘鲁首都利马数英里外的一个小山村，研究小组的汽车轮胎常常损坏，但找不到备用轮胎。他们走访了一些患有亨廷顿舞蹈病的家庭。病人居住在沿主要公路一侧的几个村落里，虽然他们可能是亲戚关系，但却相互不知道他们都患上这种病。

# 最严重的亨廷顿舞蹈病发病地，也是最好的研究场所

波士顿的技术人员正在分析来自委内瑞拉的血液样本，寻找发现亨廷顿舞蹈病致病基因的线索。这些血样必须在抽取后三天内送到实验室。

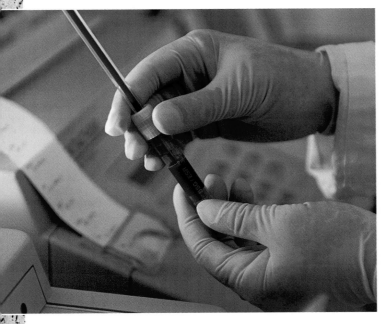

在南茜去过的国家中，委内瑞拉是她去过次数最多的国家。自1979年起，每年春天南茜和她的研究小组都要飞到那里。当然，他们不是去观光，也不是去度假。他们只有一个目的，就是探访亨廷顿舞蹈病家庭。为什么要选择委内瑞拉马拉塞博湖畔的小村庄呢？南茜和她的同事发现这一地区的亨廷顿舞蹈病人比地球上任何一个地方都要多。

对南茜来说，世界上最重要的事莫过于确定亨廷顿舞蹈病致病基因。致病基因掌握着发现亨廷顿舞蹈病疗法的钥匙。这也是南茜追求的终极目标。南茜与几个实验室合作，分析血液样本，在血样提供的遗传物质（DNA）中寻找致病基因，找出能够向科学家证明致病基因藏身之处的线索。一旦致病基因的身份被确认，就有可能弄明白基因为何会出错，如何去纠正这种错误。由小村庄的村民们捐献的血液样本当天就会被

委内瑞拉位于南美洲北部（下），比邻加勒比海和大西洋。马拉塞博湖位于委内瑞拉境内的西北部（左）。

送上飞机，第二天抵达位于波士顿的哈佛大学实验室。实验室的科学家吉姆·古塞拉和他的同事将会对血样进行分析，寻找发现致病基因的线索。血样必须在 72 小时内送到实验室。若第二天研究小组中有人要回美国，并有条件随身携带血样，那么这一天就是适合采血的"采样日"。除此之外，因为血样太珍贵了，用海运的方式运送血样太冒险，是不可行的。

一天下午晚些时候，南茜坐在靠近村庄中心建筑一家简陋室外咖啡吧里休息。与她坐在一起的是哈佛大学教授安娜·扬和她的丈夫杰克·潘尼，他们喝着可乐。这天和本次年度巡访中的每天一样繁忙，他们一整天都在为 200 多位村民做检测、照相和抽血。比起这次巡访之初，甚至与最早的年度巡访开始时相比，他们更接近发现基因了吗？南茜能肯定他们更靠近结果了，她对安娜和杰克说："我不得不相信，这会是事实。"

一个小孩闲逛过来坐到南茜的膝上，另一个小孩追赶着一头小猪跑过小路。南茜说："为了孩子们我必须坚持。我会看着他们，我相信孩子们一定会有学习、发展的机会，有美好的未来。但是每年我们回到这里还是看到一些孩子在走向衰退。真希望有一天我们与这里所有的家庭一起庆贺找到治愈亨廷顿舞蹈病的方法。"

安娜摘下她的眼镜，轻声喊道："找到基因！找到疗法！"他们举杯祝愿能尽快找到亨廷顿舞蹈病致病基因和疗法，因为他们清楚地知道他们是在与时间赛跑。

## 在家乡工作

这是一个星期三的上午，南茜没有留在委内瑞拉或其他国家，她出现在位于纽约市哥伦比亚大学她的办公室里。她坐在办公桌旁的时间不多，总是在办公大楼里上下奔波，她的淡金色长发在身后飘扬着。她常去拜访其他办公室的同事，特别是优秀科学家朱迪·劳瑞默和朱利亚·波特。朱迪是项目负责人，朱利亚是委内瑞拉项目的数据分析师。现在这两位科学家正忙于帮助南茜完成她访问英格兰期间未做的工作。朱迪把南茜不在的时候堆积起来的文件交给她，其中有重要实验报告、遗传病学刊物和邀请南茜在会议上发言的函件等。南茜大笑着对朱迪说："记得吗？有部电视节目的结束语是'有枪了，上路吧'。我要说的是'有科学目标了，上路吧！'"抓住大把的文件，南茜拥抱了这两个工作伙伴，然后疾步走回自己的办公室。

> 我们突然发现两个妇女：母亲和女儿，一样高，一样瘦，一样苍白，一样的身躯下弯，扭曲和奇怪的面容。

每个遇到南茜的人都可能被她拥抱。她的同事和朋友都熟悉她的紧密拥抱和灿烂微笑，全都是因为科研工作。今天南茜刚刚从伦敦回来，她拜访了科学家吉莲·贝茨博士的实验室。贝茨博士正在研究她培养的特殊实验小鼠。吉莲从遗传性状上改变这些小鼠，使其具备类似亨廷顿舞蹈病的症状，从而可以在其发育过程中研究亨廷顿舞蹈病的治疗方法。无论南茜身处世界上哪个地方，可能是在委内瑞拉，也可能是自己的办公室，她阅读和写作的东西都和亨廷顿舞蹈病有关。她在电话中和同事讨论亨廷顿舞蹈病，在办公室和实验室阐述亨廷顿舞蹈病，到护理之家去看望正在治疗的亨廷顿舞蹈病病人。亨廷顿舞蹈病始终萦绕在南茜的脑海里。

也许亨廷顿舞蹈病还存在于南茜的基因中。

# 一种与众不同的疾病

对亨廷顿舞蹈病的研究使南茜进入了神经心理学领域。拆开神经心理学（neuropsychology）这个词我们就可以明了神经心理学家是做什么的。词头"neuro"来自希腊语"neuron"，意为"神经"。你可能知道心理学家是研究人类的行为和人类的思想是如何工作的，神经心理学家的研究领域亦很相似。他们研究中枢神经系统（脑和脊髓）和行为之间的联系，他们还专门研究脑部失调导致的思维、情感和行为问题。亨廷顿舞蹈病就是和上述问题完全一致的一种失调。

人们经常询问南茜的一个问题是亨廷顿舞蹈病病名的由来。她会给大家讲述 19 世纪乔治·亨廷顿的故事。亨廷顿住在美国纽约州，他的父亲和祖父都是医生，他从小就是一个观察力非常敏锐的孩子。亨廷顿十分关注他所居住村庄的村民，特别注意到一些村民奇怪的行为。在成为医生以后，他这样记录他所收集的资料：我们突然发现两个妇女，母亲和女儿，一样高，一样瘦，一样苍白，一样的身躯下弯，有着扭曲和奇怪的面容。我被这奇怪的现象惊呆了，感到十分害怕，究竟这意味着什么呢？乔治·亨廷顿

乔治·亨廷顿（1850—1916），其父亲和祖父都是医生。他首次向世人揭示这种疾病是由父母遗传给孩子的，因此这种疾病以他的名字而命名。

从小就沉迷于观察他祖父和父亲的病人。三代医生世家使他成为世界上第一个准确描述亨廷顿舞蹈病遗传模型的人。

1872年，年仅22岁的乔治·亨廷顿发表了有关该病的文章，从此这种疾病以他的名字命名。最初这种病被称为亨廷顿舞蹈病（Huntington's chorea）。"chorea"一词来自希腊语，是"舞蹈"的意思，如"choreographer"是创作舞蹈的人。这样你就会明白"chorea"是一个很适合描述这种疾病的单词。

从委内瑞拉收集的资料堆满了南茜办公室内的文件柜，资料包括基因的数据、血样、症状资料、上千位委内瑞拉村民的家族关系图等。有时，似乎感觉当你一拉开抽屉，西班牙语的声音就会充满整间办公室。

南茜的旅行还带回另一份非常重要的资料。一张微笑的小男孩的照片放在南茜的办公桌上。这是一个有着棕色皮肤、大大的浅蓝色眼睛的男孩。不仅对南茜，对世界上成千上万的人来说，这个男孩都非常重要。后面我们会讲述有关他的故事。

# 一名科学家的工作

今天，南茜身着黑色长裤，橘黄色套头针织衫和黑色平底鞋。万圣节马上就要到了，显然她是为了这个节日而如此配色的。在她走动时长长的项链上的琥珀珠子和亮闪闪的耳环都晃动着，她的蓝眼睛就像她的动作一样灵活。在实验室同事离开以后，南茜会给她远在美国加利弗尼亚州洛杉矶的父亲挂电话。南茜给他讲她在伦敦见到的小白鼠，他们想起她小时候饲养小白鼠做实验的趣事不禁大笑。南茜问爸爸："你的工作怎么样？"他的父亲都97岁了，还在工作吗？是的，他还兼职看护接受心理治疗的病人。

韦克斯勒姐妹：南茜（左）和艾丽丝。她们投入与亨廷顿舞蹈病的抗争已经有几十年了。1995年，艾丽丝写作了《绘制命运图谱》（MAPPING FATE），一本关于韦克斯勒家与亨廷顿舞蹈病的回忆录。

　　除了心理治疗，南茜的父亲也关注亨廷顿舞蹈病。他们两个有许多共同的话题可探讨。他还证实了科学另外一个事实：人们可以在他们想退休时退下来，但他们却往往并不想退休。许多科学家都尽可能延长工作时间以专注于他们正在做的事情。事实上，任何一个年龄段的科学家都会说他们的努力看起来更像是玩儿而不是工作。

　　接着，南茜会打电话给比她年长3岁的姐姐艾丽丝。她也住在加利弗尼亚州，是一位历史学博士。她编纂出版了两卷本的艾玛·古德曼的个人传记。艾丽丝还编纂出版了韦克斯勒的家族回忆录和遗传性疾病基金会的研究史料。她的作品《绘制命运图谱家族史、风险和基因研究》描述了对亨廷顿舞蹈病基因的探索。艾丽丝正在撰写一本有关亨廷顿舞蹈病社会史的新书。艾丽丝和南茜一起聊天，谈到南茜在伦敦见到的研究人员，治疗亨廷顿舞蹈病药物的最新进展。

南茜也经常呆在洛杉矶。她是遗传性疾病基金会的主席。这个非赢利性的基金会是由南茜的父亲在她母亲确诊为亨廷顿舞蹈病之后创立的，用于资助寻找治疗方法的研究。这一机构筹集资金用于研究亨廷顿舞蹈病及相关的遗传病。该基金会还发起并组织了亨廷顿舞蹈病及其他遗传病科学家专业研讨会。南茜在洛杉矶的时候会住在父亲家里。虽然她已经是成功的职业女性，但有时候她也很愿意享受和父母在一起时做女儿的感觉。

但此刻，南茜在纽约州的办公室里，她的生活是繁忙的。她的本周日程中已排好受邀去哥伦比亚大学医学院讲授遗传学课程，还要去护校讲课。南茜坐在办公桌旁浏览了一遍讲课记录，又阅读了有关新研究的报告，终于有时间抬头望一望窗外的景色。她的办公室在大楼的把角儿，往窗外望去，景色非常壮观，让人有信心去完成任何事。哈得逊河从巨大的窗下流过，河面宽阔、蔚蓝而平静。壮丽的景观让她从繁忙的工作获得片刻的宁静。当然更多时候，她透过美丽的河水，似乎能看到委内瑞拉的村民们。

到南茜、朱迪和朱丽亚该下班时，南茜把晚上要看的文件装进公文包。她经常在寓所工作。她非常喜欢自己的住所，房子的内装修有一部分是建筑大师弗兰克·吉利所设计的，她很自豪。

虽然南茜的公寓是世界著名建筑大师弗兰克·吉利设计的。但其视觉效果和弗兰克设计的迪士尼音乐厅显然不同。

吉利设计了洛杉矶迪士尼音乐厅和西班牙毕尔巴鄂的古根汉姆博物馆。她还提议吉利担任遗传性疾病基金会副主席，其夫人贝塔任基金会司库。他们都是基金会的创始人，也是南茜的好友。

但也许今晚她不工作了。她出去旅行太久了，很想花时间和她的长期伴友赫伯特·帕特斯在一起。他是纽约长老会医院的董事长和首席执行官，他和南茜有许多医学上的话题。如果有时间，他们还热衷于一起去游玩、看电影、看戏剧或芭蕾。也许今晚他俩都不下厨了而是去吃中餐。饭后南茜会放下手头的工作和赫伯特一起去看一场、两场甚至三场电影，弥补一下过去失去的时间。南茜冲到楼下让朱迪和朱丽亚推荐一些好电影。她出去旅行的时间太长了，已经不知道纽约都在流行什么了。她不禁对自己微笑，心想：在家的感觉太好了！

赫伯特·帕特斯博士和南茜都相信即使是最具献身精神的科学家也应享受偶尔的假期。意大利是他们最喜欢去放松的地方。

南茜的父母可能
从来都没有想到

她的固执有一天会
那么重要、那么有用。

2

# 家族的秘密

很久以来，南茜的童年看上去近乎完美。1945 年 7 月 19 日南茜出生在美国华盛顿特区，后来她家搬到堪萨斯州的陶佩卡。在那里，生活很悠闲，人们在长长的夏日里游泳，冬天用滑雪板玩滑雪游戏。在南茜和艾丽丝会阅读之前，妈妈会在夏天和冬日里给她们念经典的童话故事。这是她们最喜欢的事。

有时候，全家会做长途旅行去纽约市探访亲戚。姐妹俩非常喜欢这种旅行。尽管没有小伙伴一起玩耍，但 3 个舅舅杰斯、保罗和西默尔太有趣了，让姐妹俩顾不上去找其他孩子玩。南茜告诉过她的朋友，她的西默尔舅舅会玩很奇妙的魔术。他在手指间转动硬币然后从耳朵、鼻孔或口袋里变出来。他甚至把 5 美分的硬币粘到前额上。

保罗舅舅喜欢吹萨克斯管，他参加了一个优秀的管弦乐队；而西默尔舅舅的特长是单簧管。对两个小姐妹来说，拜访舅舅们就像去欣赏他们的专场演出。

像许多小女孩一样，南茜小时候喜欢娃娃，与姐姐艾丽丝在一起时更有趣，天气好的时候会去湖里游泳。

去纽约旅行也使姐妹俩有机会参观美国自然史博物馆的精彩展览。南茜的妈妈里奥诺尔在生孩子之前教授过生物学并做过科研。对她来说，最重要的是让女儿们打开眼界，开放思想，去体验自然界的奇妙。里奥诺尔乐于看到女儿们在她小时候热爱的同一家博物馆里流连。博物馆里，有一头巨大的大象标本凝视着周围非洲风光的仿真景观。

回到陶佩卡的家中，妈妈会和女儿们分享她的生物学知识。她告诉女儿们周围环境中所有树木、花草和鸟的名称。爸爸妈妈欢迎所有种类的宠物成为家庭成员。南茜和艾丽丝先后饲养过乌龟、豚鼠、鹦鹉、鹅、兔子、狗和猫。

里奥诺尔经常给女儿们讲述她在纽约哥伦比亚大学所接受的成为科学家的教育课程。她研究过果蝇。妈妈解释说果蝇对基因学及遗传特征的科学研究来说尤其重要。果蝇能够迅速繁殖，所以可以在一个较短的时期内对许多代的果蝇进行研究。

照片中的大多数亲戚是南茜父亲家的。他们没有受到亨廷顿舞蹈病的影响。只有南茜的妈妈（二排左起第二人）、南茜和艾丽丝（一排左起第二和第三人）有患病的风险。

姐妹俩的父亲米尔顿是她们的第二个早期科学教师。他给她们的脑子里装满了物理学和天文学方面的神奇故事。他在餐桌上用盐和胡椒粉瓶演示飞机如何飞行。他很乐意把生物学课程留给妈妈来教。

照片上的南茜（左图）是自己穿上衣服和姐姐在户外玩耍吗？她磕破的下巴可一点也看不出来了！在海滩上自己穿衣服很容易也安全多了（下图）。

作为家中最年轻的成员，南茜固执地盼望快点长大。4岁的时候她就坚持自己穿又大又厚的滑雪衫。她试着把腿穿进滑雪裤时突然失去平衡，直直地摔倒在地板上，下巴上留下了一个伤疤作纪念。

南茜吃饭的时候也是一样固执。全家人经常长时间坐在餐桌边等候，因为南茜拒绝吃饭或玩起食物来了。她把肉和菜随意地摆放在盘子边上可就是不放进嘴里。面对这样没完没了地等她吃饭，南茜的父母真没有想到南茜的固执有一天会如此重要，如此有用。

1951年南茜快6岁的时候，全家乘坐"斯塔万格佛德号"邮轮去挪威奥斯陆旅行。南茜的父亲为了治疗他的一个病人要在那儿呆一个夏天。米尔顿·韦克斯勒最初的职业是实习律师，但他对法律并不感兴趣。所以他又回到学校念书，并获得心理学博士学位。最终他成为一位精神分析学家，也就是心理学家或精神病医生，帮助病人挖掘内心深处的感受和想法，以便理解他们的精神状态、情感和行为。

如果米尔顿能够从他热爱的工作中抽身，全家乐于一起去海滨游玩。米尔顿非常喜欢和妻子、两个女儿呆在一起。

在陶佩卡，米尔顿在著名的曼宁格诊所工作。他为第二次世界大战的老兵提供治疗，给其他心理学家讲课，研究对精神分裂症患者的治疗。他对这份工作非常满意，能带着全家去挪威度过一个夏季也是这份工作带给他们的机遇。里奥诺尔的日记和照相机记录了全家的快乐经历。这时候还没有一点儿会有麻烦的迹象。

## 坏消息

在这次旅行的前一年，突然发生的一些事情一下子扰乱了南茜父母平静的世界。很久以来，住在纽约的3个舅舅：杰斯、保罗和西默尔都出现了一些问题，如感觉紧张不安，老是拿不住东西，因为平衡不好导致摔伤和记忆障碍等。他们的手和脚经常不由自主地动着。一个神经病学家——治疗脑和神经疾病的医生给这三兄弟作了检查，诊断出他们患了简称为"舞蹈病"的一种遗传性疾病。

南茜的父亲从他工作的曼宁格诊所的医生们那里了解到更多的舞蹈病的知识。医生们称这种病为亨廷顿舞蹈病，并断定南茜的妈妈里奥诺尔也有患这种病的可能性。一旦妈妈患病，南茜和艾丽丝也存在患病的危险。

里奥诺尔回忆起她的父亲也就是南茜的外祖父在她15岁时就死于这种疾病。由于里奥诺尔的父亲在很小的时候就和全家从俄罗斯迁居美国，她无法了解父亲家里还有谁患有这种病。在父亲去世以后，里奥诺尔曾到图书馆查阅有关亨廷顿舞蹈病的资料，了解到它是一种"致命的、遗传性的、只影响男性的疾病"，当时她为她喜爱的3个哥哥未来的命运感到无比忧心。

早在1950年，米尔顿和里奥诺尔就从一些医生那里了解到只有男性才会患亨廷顿舞蹈病。虽然乔治·亨廷顿曾经生动地描述过他亲眼目睹的一对患病母女的情形，但许多著名的医学理论的结论仍然坚持只有男性才会患病。

西默尔舅舅在亨廷顿舞蹈病开始影响他的行为后没多久就不能演奏萨克斯了（左图）。保罗舅舅（下图）也因为亨廷顿舞蹈病不能再领导乐队了。

PAUL SABIN
and His Orchestra of 14 Pieces

GREENWICH COUNTRY CLUB
Saturday, August 29, 1936
Dinner and Dancing, 7:30 p.m. to 1 a.m.
$3.00 per person
Dancing only, 9 p.m. to 1 a.m.
$2.00 per person

难以想象米尔顿和里奥诺尔在了解到这些后所经历的打击。现实是里奥诺尔可能已经患上这种致命的疾病，而他们的一个甚至两个女儿也许最终都会被同样的结果伤害。

此时，3个舅舅更让人担心。米尔顿说："他们非常需要照顾，但是费用很昂贵。"为了挣到家里需要的钱，米尔顿辞去了曼宁格诊所的工作，举家从堪萨斯搬到洛杉矶。他在洛杉矶继续做精神分析工作，并从事精神分裂症研究。9岁的艾丽丝和6岁的南茜太小了，很难接受这么悲惨的现实，家里告诉她们搬到西部是为了更好的发展。

起初，韦克斯勒一家快乐地住在离太平洋海岸不远的大宅子里。艾丽丝学习弹钢琴，她的乐感很好；南茜开始上芭蕾课。她们有一条忠实的大狗——银色的德国犬希芭。有一年感恩节，它居然在客人来之前把感恩节大餐全部吃光了。由于米尔顿工作的关系，他们认识了一群非常有意思的人，有演员、音乐家、作家、医生和科学家。

> 曾经认识她们见过的每一种植物和鸟类的妈妈现在只记得几个名字了。

两个女孩进入加州大学附属的一家特别公立小学学习。课程非常有趣。当她们学习有关清教徒的内容时，会学做清教徒的服装并重建清教徒的学校。南茜曾经因为没有学好主祷词，不得不带上圆纸帽坐在角落里，嘴里衔着带有胡椒的塞子，这是清教徒的一种惩戒手段。孩子们还通过建造非洲小屋，学做和品尝非洲食物来了解非洲的习俗。六年级时，南茜在模拟联合国练习时扮演了中国和俄罗斯的代表。

但是对南茜来说，学校的课程也不是都很容易的。南茜总要花很多时间学习数学，她经常说她是人类最大的数学傻瓜。有一次，她一边吃力地进行13乘以13的运算，一边拼命的拉扯自己的马尾辫，老师不得不警告她："快别拉扯头发了，你的头发快掉了！"回想过去，虽然有戴圆帽子，数学学习困难这些令人难堪的事，南茜还是认为小学阶段是她一生中最美好的接受教育的阶段之一。

# 消逝的知识

　　一天，最小的舅舅西默尔到加州来看望他们。舅舅想给南茜和艾丽丝表演一下在纽约曾经把姐妹俩迷住的小魔术，可是硬币一下子就从手指间滑落到地板上。西默尔舅舅无助地望着自己像跳舞一样晃动着的手指，脚下像被绊着一样，说话也变得非常古怪。连他吹奏单簧管时也变得像个新手了。两个女孩不明白他到底怎么了。

　　南茜和艾丽丝注意到妈妈好像也变成了另外的一个人。她越来越胆小，连买新家具都不敢做决定。妈妈变得胆小怕事，很不快乐。那个曾经教她们认识每一种植物和每一只小鸟的妈妈现在已经说不出那些动植物的名字了。

南茜的妈妈里奥诺尔，亨廷顿舞蹈病已经开始影响她对自然科学知识的记忆，但她还是热衷于园艺。

妈妈的知识到哪里去了？妈妈就在姐妹俩的眼皮底下好像变成了另外一个人，好像童话里的公主被施了魔法一样。姐妹俩根本没有想到妈妈的变化与西默尔舅舅的变化有什么关系，更没有联想到已先后去世的杰西舅舅和保罗舅舅。

# 一个年轻的探索者

时光流逝。南茜和艾丽丝渐渐长大，很少需要母亲的悉心照顾。在十几岁的时候，她们大多呆在朋友的家里，因为家里来外人会让妈妈感到不舒服。南茜和她的一群高中朋友总是跟着一个叫米歇尔·劳瑞默的同学。他热衷于学习古典吉他和弗莱明戈舞，师从世界上最棒的吉他手安得莱斯·塞格维亚。现在米歇尔

中学时代在加州的生活因为有"老虎"劳瑞默和他的吉他而富有生气（右图）。当然还有南茜颇为自豪地向我们展示的她的钓鱼成就（下图）。

已经成为南茜的好友和同事朱迪·劳瑞默的丈夫。那时他有一头毛茸茸的浅棕色头发，因此而获得了绰号"老虎"。"老虎"弹得一手好吉他。孩子经常围着他聚集在校园或他家的后院，南茜在多年以后仍然感叹："听米歇尔弹吉他的时光是多么的美妙啊！"

南茜所在的高中很大，光是她所在的10年级就有2000个学生。就像她所在的城市洛杉矶一样，她所在的班级同学也是来自多个种族，不同的阶层。后来南茜转学到另一个高中，班级变小了，同学的差异变小了，但也不如以前有趣了。

南茜在科学课上学到一个有趣的实验，她决定在家试做一遍。实验的目的是测试触摸和爱抚是否能使人类和动物更好地减压。这个实验是测试小白鼠受到的压力和爱抚的关系，所以南茜需要很多的小白鼠，还好爸爸妈妈没有反对她养小白鼠。她把小白鼠分成四组：第一组不做处理；第二组受到抚摸；第三组放到罐子里然后敲击罐子让小白鼠感受到压力；第四组先受压，再接受爱抚。

"获奖者是……"南茜在高中时有一篇论述民主的文章获奖，此时一点也看不出她未来的科学成就，但显露了她对所有人的重要性和尊严的关注。

南茜最终没有写出实验报告。有一天，她的父母外出了。南茜又去敲养小白鼠的罐子。小白鼠吓得在罐子里来回奔跑，最终因为筋疲力竭死在她的手上。南茜徒劳的想让小白鼠活过来。爸爸妈妈回来时看到她正在伤心地抽泣，她觉得她是杀害小白鼠的凶手。爸爸察看了情况，摇着头对她说："你永远也当不了科学家。它已经没有希望活过来了。"南茜的眼睛哭肿了。

尽管小白鼠实验的失败，爸爸还是给南茜找了一个暑期的零工，工作是帮助爸爸照顾那些患有精神分裂症的病人。米尔顿的治疗方法是观察陷入最混乱状态病人的日常生活，然后给病人提供持续的、有规律的帮助。他希望能够帮助更多的病人离开精神病院，甚至还在达荷湖买了一座度假屋用于安置病人。病人在湖边度假时，米尔顿就可以每天为病人提供治疗。南茜帮助爸爸坐

FIRST-PLACE ESSAY GETS A READING for appreciative audience as Nancy Wexler, winner of the 1960 essay contest sponsored by Pacific Palisades Junior Women's club, shares her ideas on "democracy." Deborah Bilsky, seated at right, wrote second-place entry. Winners are joined by their parents: Dr. and Mrs. Milton Wexler, right. In center, background: Mrs. Sylvin Bilsky, right. In center, background: Mrs. Norman Loretz, contest chairman for Juniors and Mrs. H. Woodrow Linton, representing judges. Miss Wexler's essay will be entered by Juniors in district competition.

船带病人出去。一个男病人常常站在船上大声念着誓词；另一个女病人则尖叫着"这是毒药！这是毒药！"在达荷湖度假村，妈妈帮着给病人做饭。

暑假里做的事情当然不止这些。南茜在达荷湖里学习滑水。她还认识了一个男孩，他教南茜学习抓鱼和洗鱼。所有的学习都是晚上在船屋里进行的，当然，南茜声明："没有别的，仅此而已。"

那年秋天高中开学后，南茜开始在洛杉矶加州大学（UCLA）选修课程（按照美国的教育体制，美国的高中生可以选修一部分大学的课程——译者注）。她选修了法语，并得到了人生中第一个"D"。

# 致命的破坏者

1962年，南茜的父母决定离婚。他俩都没有意识到他们之间的一些问题可能与亨廷顿舞蹈病有关。米尔顿没有再婚，他和里奥诺尔一直保持着非常密切的联系。

那年夏天，南茜跟随父亲飞到墨西哥城参加一个精神分析学家的会议。在会场，她听来自世界各地的学者们长篇大论地讲解他们的研究工作。她看到他们不断争论，感受到他们分享各自观点时的激动，在这之前她还从来没有看到过人们会对自己的工作如此着迷。

在如此激动人心的环境冲击下，南茜决定作一名像她父亲一样的科学家。热爱科研，与有共同兴趣的伙伴一起共事，成为对社会有贡献的人，这样的生活是多么吸引人！南茜想起妈妈曾经也是一位科学家，虽然她现在的状况看起来不再如此。

到了申请大学的时候，南茜突然胆怯了。她放弃了填写入学申请书。学校导师安慰她："你就当作给我写信一样，试试吧。"结果却是令人开心的：南茜被她申请的前几所学校同时录取了。南茜选择了瑞德克利夫学院，当时是马萨诸塞州剑桥的哈佛大学女子学院。

1963年，南茜以班级前几名的成绩从高中毕业。毕业照上，

无论是南茜的父母在一起还是离婚以后，父亲始终无微不至地呵护着母亲，度过那些困难的日子。

她身着宽松衬衫和无袖连衣裙，一头卷曲的短发，看上去精神焕发，十分快乐。当然快乐啦！南茜即将开始新的人生，面对全新的世界。尽管她还没解决该学什么的问题，也还没做好面对未来的准备。

未来会带来什么？我将带给未来什么？南茜在高中时代认识到离这些问题越来越近了。

在南茜高中最后一年的秋天，保罗舅舅死于亨廷顿舞蹈病。往日生龙活虎、会弹班卓琴还组织了自己的管弦乐队的舅舅58岁就去世了。3个舅舅中只有西默尔舅舅还活着。

在美丽的南加州，南茜穿着漂亮的连衣裙从高中毕业了。她的生活像有两条线牵着。一条线是她的生活将怎样开始；另一条线是正在逐渐侵害她的家庭的疾病。南茜做梦也没有想到没有多久这两条线会紧紧地缠绕在一起。

南茜乐于体验不同的文化，

和新认识的人聊他们的生活。

3

# 走遍世界

南茜高中毕业以后，她和艾丽丝一起到墨西哥的瓜达拉加拉学习西班牙语。一直到大学快开学时，南希才意识到她离妈妈太远了，妈妈此刻正在努力适应离婚后的新生活。但爸爸妈妈都极力主张她出国去追求自己的新生活。

## 哈雷车和龙虾

南茜选择了位于东海岸波士顿旁边的剑桥上学，现在她和家里相隔整个美国大陆。剑桥和波士顿都是很有活力的大学城，到处是年轻人，随时有各种活动。南茜热爱这里的一切：她在瑞德克利夫学院的课程、她的朋友和她周围令人兴奋的生活。她学习非常认真，但也花很多时间去娱乐。

南茜当时的男朋友是一个英俊的哈佛大学生。他来自俄克拉荷马州，喜欢玩摇滚乐，开着哈雷车在城里转。南茜很快就熟悉了城里的道路，知道哪里有又便宜又美味的食物，哪里可以欣赏最棒的

这座大房子（左页图）位于牙买加，是南茜体验过的各种环境之一。南茜真的喜欢虽然拥挤却充满活力和友爱的家（上图）。

音乐。怎样去艺术珍品博物馆和音乐厅。

南茜的生活很充实，但她仍然渴望横跨大陆与父母、姐姐在一起。她写很长的家信，寄给每个家人。家人也和她保持着密切的联系。南茜的塞尔维亚－克罗地亚文化课程考试没通过时，爸爸的意见让南茜非常感激。他说："以你的个性来说，有一次甚至好几次考试不及格是一件好事。"他到剑桥来看她，逗她说只是来吃海鲜的。爸爸开玩笑说："真没办法，我就是喜欢龙虾。"

南茜总是到了最后期限才能完成要做的功课，因此她对大一的功课负担产生了恐惧。作业太多了，时间又不够用。爸爸再次来到剑桥帮助她，整夜帮她完成作业。后来，他也承认应该早期训练南茜刻苦学习的方法，但这不是米尔顿的做事方式。

## 决定性的选择

对南茜来说，没过多久她就要选择专业了。她将遭遇到哪些课程呢？所学专业会让她将来从事哪种职业呢？南茜一直对父亲研究的领域——心理学和精神分析学很感兴趣。她对1962年墨西哥城国际会议上与会者周围充满的能量和燃烧的热情记忆犹新。

南茜确定了一些课程并否决了几门课程后，她选择了双专业：社会关系学和英语。社会关系学专业在哈佛大学相当于心理学专业。这个专业使她有机会学习许多她喜欢的课程：社会学、心理学、人类学和分类学。她撰写了一篇有关巴西原住民神话的论文，文中的思考来自她所学所有课程中的观点。她还学习了哲学、诗歌学和建筑学等课程。

# 南美洲插曲

南茜刚刚开始大学生活的时候，她的姐姐艾丽丝已经从加州的斯坦福大学毕业。艾丽丝获得富博瑞特基金。这项基金用于资助近10所大学的毕业生在美国以外开展研究。艾丽丝选择在委内瑞拉加拉加斯的一所大学进行南美洲社会变革的研究。

南茜大一那年的圣诞节假期，她去了委内瑞拉看望艾丽丝，度过一个非常丰富和快乐的假日。两姐妹结伴去马格瑞它岛旅行。在那里，人们可以潜到水里去捞牡蛎，如果幸运还可能找到稀有的珍珠。

无论怎么说，这是南茜异国之旅的起点。南茜乐于体验不同的文化，结交新的朋友，与他们聊天。南茜和姐姐几乎一整天都躺在海滩上，然后在星空下品尝鲜美的牡蛎。谁能责怪她们把委内瑞拉之行当作真实生活乐章中的一段梦幻插曲，一个童话故事片断呢？因为工作和家庭已经成为她们生活的中心，当时她们认为不太可能再到委内瑞拉来了。

她们无论如何也不会想到委内瑞拉在她们未来的日子里会是那么地重要。

# 开始了解自我

在瑞德克利夫学院的最后一年，南茜撰写了出色的毕业论文。论文是关于乔治·艾利奥特——这个名字是19世纪英国女作家玛丽·安妮·埃文斯写作时使用的男性笔名。乔治·艾利奥特最著名的小说是《米德镇的春天》（*middlemarch*），讲述多萝西·布鲁克的故事。多萝西是一位非常聪明的年轻姑娘，在那个女性尚没有多少自由的时代，她积极奋斗，追求积极的、有价值的生活。

南茜毕业论文的指导老师是著名的精神分析学家埃里克·埃利克森。他察觉到南茜选择论述艾利奥特其实是因为她内心里很想更好地了解自己。于是埃利克森教授鼓励南茜选择艾利奥特，要求她写出艾利奥特所生活时代的冲突和戏剧性。南茜的论文属于心理学研究范畴，研究艾利奥特的小说如何反映她在那个要求女性温顺服从的年代对独立自主的追求。尽管南茜生活的20世纪60年代许多生活中的新选择已经对女性完全开放，但新的问题出现了，生活需要女性做出许多抉择。研究乔治·艾利奥特和她作品中的女主角可以勾勒出南茜对自己未来的思考。

## 像拉斯塔法人一样生活

牙买加金斯敦的一个集市。这个令人兴奋的地方以它独特的文化习俗吸引来到这里的年轻人。

1967年5月，南茜从瑞德克利夫学院毕业，她还没想好怎样开始新的生活。从事心理学或人类学即研究不同文化的科学等领域的工作似乎是最佳选择。南茜和姐姐艾丽丝一样获得了富博瑞特基金资助，可以去国外从事研究工作。她选择了去位于西印度群岛的牙买加首都金斯敦，开展一项涉及精神健康的科学研究。她去社会学和医学院校上课，在诊所照顾患病的孩子。

无论是在社会学课堂上，还是往返大学的公共汽车上，南茜都是唯一的白人。这种经历使她体验到作为人群中的少数分子会遭遇很大的麻烦。起初，她很难弄懂牙买加英语中轻微的变调。她也没有朋友，遇到困难她只能独自哭泣。

后来她周围的人感觉到她非常孤独，开始亲近她，邀请她参加聚会和外出欣赏当地的音乐表演。南茜先是和一位同获富博瑞特基金资助的伙伴合租一套房子，后来她搬到金斯敦一个较穷的地区，离拉斯塔法人居住地区很近。南茜与一个拥有6个孩子的牙买加家庭和一位和平组织志愿者分租了一套公寓。

她越来越钦佩这个牙买加家庭面对贫穷困境的宽宏大量，也很佩服他们有足够的耐心来回答她对他们的生活没完没了的问题。

## 潜在的危险

1968 年，为了获取富博瑞特资助计划的后半部分支持，南茜前往伦敦。在伦敦和安娜·弗洛伊德一起开展研究。安娜·弗洛伊德

是精神分析研究鼻祖西格蒙德·弗洛伊德的女儿，她开了一家诊所专门对儿童进行精神分析治疗。安娜·弗洛伊德似乎看出这个留着长长头发、喜欢穿薄薄的短款衬衫的美国姑娘的头脑中正在很严肃地思考着未来。

精神病学家安娜·弗洛伊德（1895－1982）是儿童精神分析学领域的先驱。她教导南茜关注儿童脆弱的同时还要关注他们的强大。

南茜在伦敦诊所的研究工作期间仍然不能确定以后的工作形式。到底是当一个心理学家帮助病人适应生活呢？还是当一个精神分析学家深入探究病人情绪状态的根源？或者当一名精神病领域的人类学家专门研究所有文化种类的精神特质呢？

南茜在伦敦工作期间曾收到父亲的来信。父亲在信中鼓励她回到学校学习，为选择更富挑战性的职业做准备。他向女儿回忆起当初他放弃让他感觉无聊的律师职业，转而从事他热爱的工作时，心情是多么愉快。父亲知道南茜现在也是一样，只有从事能够充分发挥她的兴趣和才智的工作她才会快乐。

1965 年 3 月，西默尔舅舅去世了。他是里奥诺尔唯一在世的兄弟，也是她最亲近的人。舅舅的去世给妈妈的打击太大了。妈妈变得郁郁寡欢，畏畏缩缩。但艾丽斯和南茜此时都深深地沉浸在工作中，没有意识到灾难正在向他们家逼近。

好像妈妈已经知道
了她的家族史，

也许她已经明白了
所有的一切。

4

# "我们不能放弃"

"喂，女士"，一位警察朝南茜的妈妈大喊："你这么早就喝酒不难堪吗？"

1968年春天的一个早上八点钟，里奥诺尔·韦克斯勒停放好汽车，向洛杉矶费德罗大厦走去。1分钟前她一直感到十分骄傲，因为她荣幸地被抽中担任陪审团成员。此时，她简直被惊呆了。

里奥诺尔几乎从不喝酒，尤其是在早上更不会喝。她知道自己不能喝酒，否则走路时会摇摆得厉害。

里奥诺尔已经证实她的3个哥哥都受到亨廷顿舞蹈病的伤害。他们走路蹒跚，跌跌撞撞，有时候会摔倒。1968年的这一天，她第一次面对这样可怕的现实：同样的病症可能也侵害了她。

米尔顿·韦克斯勒安排里奥诺尔去看了一位神经病学家。医生很快诊断出里奥诺尔患了亨廷顿舞蹈病。米尔顿请医生观察里奥诺尔一段时间，透露病情时尽量和缓地解释只是出了一点问题，不要告诉她已患有亨廷顿舞蹈病。这样里奥诺尔就不会担心两个女儿是否会遗传到这种病了。

里奥诺尔（左页图）曾经有过梦想。但她的未来被她从父亲家族遗传而来的亨廷顿舞蹈病残酷地夺走了。她的丈夫米尔顿参与到两个女儿南茜和艾丽丝的研究工作中，一起寻找亨廷顿舞蹈病的治疗方法。

# 透露不幸的消息

不久之后，米尔顿打电话让远在伦敦的南茜和正在印第安那州布卢明顿的艾丽丝回家。难道是叫姐妹俩回洛杉矶的家给父亲庆祝60岁的生日吗？南茜感到事有蹊跷，因为爸爸从来没有这样隆重地过过生日。但为了让爸爸开心，南茜很快回到家里。姐姐艾丽丝也是怀着同样的心情回来的。

在爸爸的家里，姐妹俩被这个将彻底改变她们生活的可怕消息惊呆了。而爸爸自从得知妈妈得病以后就陷入恐惧之中。米尔顿把里奥诺尔的情况包括警察看到妈妈时误以为她喝醉酒的情形都告诉了她们。他说："你们的妈妈得了亨廷顿舞蹈病。她的父亲和哥哥们都得了这种病，但是她的家族一直保守着这一秘密。很久以前，家里告诉她只有男性才会患病。现在看来，这不是真的。"

受到极大打击的南茜问爸爸："以后会怎样呢？"

"这是一种致命的疾病"，爸爸悲伤地对她们说："也许她还可以活很多年，但最终这种病会要她的命的。"

"我很抱歉，我还有更坏的事情要告诉你们"，爸爸缓慢地补充道："亨廷顿舞蹈病是遗传性的，因此你们俩都有二分之一的患病可能。我很难过，现在我无法了解未来将会怎样。"

痛苦的一家三口对眼前的一切是那么无能为力，他们张开手臂搂在一起彼此安慰着。过了一会儿，艾丽丝说："有50%的机会获得健康也不错啊！"南茜也点着头。

米尔顿接着分析这件不幸的事情。"如果你们得了这种病，就会有50%的机会把病传给你们的孩子。因为现在还没有检测方法，所以谁也无法预测你们和你们的孩子会怎样。"

南茜虽然已经麻木得无法思考，但她马上作出一个决定：如果不能保证孩子不得这种病，我就永远都不要孩子；我决不把这种病遗传给下一代。

"我们绝对不能放弃！"米尔顿向两个女儿保证："我们一定要

和疾病做斗争！"面对致命疾病给他前妻带来的痛苦，他的两个二十几岁的女儿可能遭遇同样可怕命运的风险，米尔顿决心用尽全部的力量与亨廷顿舞蹈病斗争到底。如果幸运，也许能及时找到挽救里奥诺尔的药物，假如来不及，他也要尽力挽救艾丽丝和南茜。

# 制订计划

最好的办法是什么呢？米尔顿决定寻找在生物学和遗传性疾病研究领域最棒的科学家，吸引他们从事亨廷顿舞蹈病的研究。米尔顿将提供给科学家进行深入研究所需要的基金。

现在首先要明确的是如何筹集这笔资金。米尔顿参加了歌手兼作者伍迪·古瑟瑞的前妻玛乔里·古瑟瑞的组织。古瑟瑞一生中大约写了 1000 首民歌。他的创作影响了包括鲍勃·戴兰、布鲁斯·斯普瑞斯汀、他的儿子阿罗·古瑟瑞在内的许多人。

伍迪·古瑟瑞于 1967 年去世，年仅 55 岁。他患亨廷顿舞蹈病将近 15 年，但长期被误诊为酒精中毒或精神病。后来他的病情明

伍迪·古瑟瑞的 7 个孩子中起码有两个遗传了亨廷顿舞蹈病的异常基因。有些孩子年轻时因意外去世，无法确定是否遗传了异常基因；另外的孩子从表面上看还是健康的。

确以后，玛乔里马上决定资助有关亨廷顿舞蹈病治疗方法的研究。

伍迪有7个孩子，都有可能遗传到亨廷顿舞蹈病，其中有4个孩子是伍迪和玛乔里的。1967年，玛乔里·古瑟瑞，玛莎·格瑞罕公司的前舞蹈演员，创立了与亨廷顿舞蹈病抗争委员会(CCHD)。该组织专门筹集资金用于激发对亨廷顿舞蹈病研究的兴趣。1968年秋天，米尔顿组建了CCHD加州分会。他和玛乔里面临一样的担心：他们的每一个孩子都有50%死于亨廷顿舞蹈病的可能性。

米尔顿的朋友中有不少演员、歌手、艺术家和音乐家。他们组织了聚会和演出来筹集用于研究的资金。1971年，CCHD发起了"歌颂伍迪·古瑟瑞演唱会"。演出在好莱坞剧场举行，全场爆满。

除了筹集用于研究的资金以外，米尔顿还做了许多工作。他努力挖掘科学家自身对亨廷顿舞蹈病的兴趣，鼓舞他们与亨廷顿舞蹈病抗争的斗志。他把生物学和神经科学领域资深的和资历尚浅的科学家组织到一起进行交流和讨论，以发现可进行研究的最重要问题。

> 1968年，米尔顿创立了后来成为亨廷顿舞蹈病基金会的研究组织，它的宗旨是：寻找亨廷顿舞蹈病和其他遗传性疾病的治疗方法。

第一次讨论会确定的一个好想法就是关于治疗方法的研究应该吸引年轻的科学家参加。思想开放、多有奇思妙想的年轻人乐于认真思考每一个假设和方法。

不久以后，米尔顿的组织从玛乔里的CCHD中脱离出来。玛乔里注重亨廷顿舞蹈病病人的治疗，而米尔顿更关注于了解疾病以尽早发现治疗方法。1974年，米尔顿创立了亨廷顿舞蹈病基金会(HDF)，它的宗旨是：寻找亨廷顿舞蹈病和其他遗传性疾病的治疗方法。该基金会也是家中最重要的事，南茜和艾丽丝都投身于该基金会的运作中，她俩都是基金会理事，也就是管理基金会运作的委员会成员。

# 为保密付出的代价

1968 年，南茜开始在密歇根大学读研究生。她希望获得临床心理学博士学位，学习课程包括如何对待感情上和精神上有问题的病人，同时进行上述领域的研究。

南茜很喜欢研究生生活，但因为妈妈的病她的情绪非常不好。妈妈看起来受到的影响还不大，但南茜总是会想起早逝的 3 个舅舅，不知道未来将会怎么样？

在妈妈确诊为亨廷顿舞蹈病一年后，家里决定应让妈妈了解实情。正是南茜在无意中透露了消息。有一天南茜、艾丽丝和妈妈坐在朋友家的游泳池边闲聊。南茜说："我想爸爸能为亨廷顿舞蹈病研究筹集到那么多钱真是太伟大了。"

"是啊"，妈妈表示赞同。"这件事对爸爸来说真是很可怕，我的 3 个哥哥得的都是这种病，虽然我没有得病。"

尽管妈妈的生活因为患病改变了很多，但妈妈和女儿的亲密关系永远也不会变。

"对，起初我们大家都是这样想"，南茜非常温和地对妈妈说："但现在看起来，你也患了亨廷顿舞蹈病。"

南茜说完紧张地屏住呼吸。可妈妈并没有提出异议，她好像已经了解了自己的家族史，也知道了最终的事实。现在全家终于解脱了，他们公开地帮助妈妈一起讨论这种疾病。

# 阳光方案

艾丽丝和南茜了解了家庭的秘密，这是一个让每个人的命运从此变得沉重的秘密。她们开始认识到妈妈的家族隐藏着如此多的秘密，她们的 3 个舅舅患的是"神经病"而不是"一般病"，可是在充满侮辱、歧视、恐惧和误解的环境中，这种差别是完全可以理解的。

南茜在密歇根大学接受的教育使她把这种认识带到家里。在学校心理学临床训练中，南茜听一位社会工作者讲述一个困难家庭的案例。他说："那家 10 岁的儿子是个多动的孩子。"

南茜问道："他的家庭有遗传性问题吗？"

南茜的建设性意见打断了社会工作者的讲述。他草草地结束了描述："不，没有这个问题，就是心理学问题。"一年之后的一天，这位社工来找南茜。他问南茜："你还记得我们谈到过的那个困难家庭的 10 岁男孩吗？他妈妈最近证实孩子的外祖母死于亨廷顿舞蹈病，她担心自己也遗传了这种病，这样她的儿子也会被遗传。自从男孩的母亲把秘密公开以后，整个家庭的生活改善了很多。"

南茜很高兴那位社工把她对那个困难家庭的正确判断告诉了她。而且听了男孩家庭的故事，增强了南茜从自己家庭变故中获得的理解，那就是遇到问题"直面阳光"是解决问题最有效的方法，即使还没有处理方案。

到此时为止，南茜没有对她在密歇根大学的任何一位教授或同学说她将来可能会得亨廷顿舞蹈病。他们会担心她的未来吗？也许他们会担心她能否给病人治疗。"来吧，南茜"，她对自己说，"保密不是好办法，你应该信任大家。"渐渐地，她把自己的情况告诉了周围的老师和同学。让她感到宽慰的是，每个人都很理解和支持她。南茜觉得自己不再像以前那样抑郁和无助了。

20世纪60年代末，南茜开始把自己的工作和父亲的工作结合在一起。他们的工作重点集中在亨廷顿舞蹈病和其他大脑功能异常上。1969年，父女俩一起参加了在罗马举行的精神分析学国际会议。从那时拍的一张照片上可以看到，南茜和爸爸在参加国际会议的拥挤人群中开心地笑着。照片上的人和了解他们故事的人们分享着对科学的热爱，对科学承担的特殊责任。他们需要用科学来与伤害他们家庭的悲惨命运抗争。

1969年，南茜陪同父亲参加在罗马召开的第26届国际精神分析学大会。她始终不能忘怀科学家们在工作时的快乐和激情。

# 接触了有问题的大脑组织

由于南茜已经把研究生期间的工作集中到亨廷顿舞蹈病上，她开始专心建立一家"脑库"，收集亨廷顿舞蹈病受害者的大脑。之后她竟然自己检查那些死于亨廷顿舞蹈病病人的大脑。

一天， 南茜在实验室等候接收一具尸体。尸体是用救护车从底特律运到密歇根大学，然后由一位病理学家把尸体的大脑取下来。但是病理学家一直没有来，只有助手到场。他说："韦克斯勒博士，我会在您的指示下把大脑取下来。"南茜不敢承认除了照片她还从来没见过大脑，也没有看见过尸体。她只好耸耸肩，示意助手开始。助手开始操作。他把尸体的头皮剥离，翻下到脸部，然后把头骨锯开，电锯发出难听的噪音。最后助手把大脑仔细地摘下来，小心地摆放在实验室的工作台上。他问南茜："要切下你需要的组织吗？"

南茜屏住呼吸，压抑自己的恐惧感。什么组织？在哪儿？她强迫自己冷静地说："哦，你继续吧，把那部分组织切下来，我来把它放到瓶子里。"研究的目的是寻找慢病毒导致亨廷顿舞蹈病的证据。南茜需要把脑组织制作成实验标本，她应该把装有化学溶液的瓶子盖拧开，把脑组织放进去。她操作时戴着一副过大的男性用外科手术手套，为了能把瓶盖拧下来，她只好把手套摘了下来。可是突然，那块大脑组织要从桌子上往下滑。

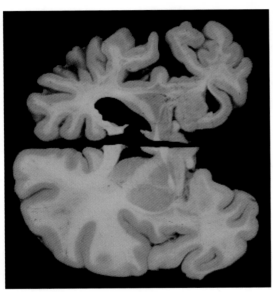

一位48岁亨廷顿舞蹈病患者大脑的剖面图（上）和一位34岁无此病者大脑剖面图（下）的对照。大脑受到的破坏非常明显。

出于本能，南茜马上用她没有任何保护的双手把脑组织推回了原处。可随之而来的是恐惧：我是否让自己传染上亨廷顿舞蹈病了？亨廷顿舞蹈病是否真的是病毒导致的？我们实验的目的不就是为了证实这件事吗！

南茜回过神来，准备制作脑组织标本。她将要把标本送到华盛顿特区国家健康研究所诺贝尔奖获得者查尔顿·盖德赛克博士的实验室。在实验室里，实验人员把标本植入黑猩猩体内进行病毒学测试。最终，黑猩猩未出现任何问题，实验证明南茜接触亨廷顿舞蹈病病人的脑组织没有危险。

# 遭遇亨廷顿舞蹈病的挑战

南茜开始撰写博士学位论文，是一份关于亨廷顿舞蹈病的重要研究报告。论文的主题是关于亨廷顿舞蹈病患病风险人们的感受。她对许多有患病风险的人和已有亨廷顿舞蹈病症状的病人做了深度访问，对所谓可控的正常人与有患病风险人进行比较。她还对这几组人群实施了认知、思想和能力方面的测试。她的朋友问她："做这项工作不会对你有压力吗？"南茜回答："不会。我在证明人们到底有多坚强，甚至包括他们将来会怎样。我被那些愿意公开自己秘密的人所感动。"随着她访问的有患病风险的人和亨廷顿舞蹈病病人越来越多，她更坚定了献身于寻找亨廷顿舞蹈病治疗方法的决心。让她感到欣慰的是，她的论文主题吸引了许多科学家的关注，他们主动投身到这种疾病的研究中来。

作为密歇根大学的研究生，南茜工作在大学的心理诊所，她一直在安慰病人，并帮助他们解决困难。南茜不再是一个被动的受害者，等待别的力量决定自己的命运；她要战斗在最前线，通过自己的努力改变命运。

南茜每次回到洛杉矶家中，都会发现妈妈的情况正在渐渐变差。里奥诺尔的手指不断地动着，南茜形容妈妈像一直在一架无声的钢琴上弹着一首悲伤的曲子。她的脚趾抽搐抖动着，走路时身体向左边倾倒，有时候双腿支持不住身体。更糟的是，她孤独、无助、胆怯、抑郁而且越来越糊涂。

南茜深深地爱着她的母亲。母亲可怕的衰退加深了她对母亲能否安度晚年生活的担心。从此以后，南茜的私人生活和职业生涯都只有一个目标，那就是打败亨廷顿舞蹈病。

只有短短几年，马拉
塞博湖地区和那里

勇敢的居民成为她生
活中重要的部分。

# 5

# 冒险和死亡

　　1972年，南茜参加了在俄亥俄州哥伦布市举办的纪念乔治·亨廷顿发表有关亨廷顿舞蹈病论文100周年的纪念活动。会上，委内瑞拉医生阿梅瑞科·内格瑞特博士的学生放映了一部黑白短片。影片记录了在委内瑞拉马拉塞博湖沿岸的几个小村庄里，有大量原住民患有亨廷顿舞蹈病。事实上，尚未发现地球上的任何一个地区有这么多的亨廷顿舞蹈病患者。内格瑞特博士在这里工作时发现了村民的症状，他诊断村民们患了亨廷顿舞蹈病。

　　南茜永远也无法忘记那些亨廷顿舞蹈病患者不能控制地动作着，孩子们死死地扶着已有明显病态的父母的悲惨景象。只有短短几年，马拉塞博湖地区和那里勇敢的居民就成为她生活中重要的部分。

南茜给与马拉塞博湖患有亨廷顿舞蹈病的村民真挚的拥抱（左页图），她在工作组陈述研究计划时也关心着村民们（上图）。

## 想象力

　　1974年，南茜的研究生生活终于结束了。南茜·韦克斯勒博士带着她新获得的临床心理学博士学位，启程前往纽约。她受聘在社会学研究新学院担任助教（现在这所大学改名为新学院大学）。

新学院大学坐落在曼哈顿郊区的格林尼治村。几十年来，这里因居住着许多作家、艺术家、创作者和活跃分子而闻名。它的周边有各种文化背景的餐厅，可以欣赏爵士乐，购买工艺品和时装都很方便。南茜很喜欢这个地方，尤其热衷于和艺术家朋友们的交往。这里充满活力的街道生活和加州的汽车文化形成了鲜明的对比。在格林尼治村，南茜可以步行到任何地方，也可以搭乘地铁到曼哈顿的其他地方。

南茜喜欢她的新工作。她的许多学生都是重新回到学校的成年人。她还给自己安排了另外一项没有报酬的工作。她出差参加遗传性疾病基金会(HDF)的研讨会，在前来参会的人中挑选研究人员。许多科学家见到这位充满活力的年轻女性，了解她可能遗传到亨廷顿舞蹈病的经历后，都决心更深入地研究这种疾病。

遗传性疾病基金会研讨会的运作与其他许多科学组织不同。与会者展示的不是经过深思

纽约格林尼治村的华盛顿广场像一块磁石吸引着那些年轻的和不再年轻的人们。对所有的人来说这是一个象征自由和创造的地方。

熟虑的想法或经过实验测试的设想，他们把可以想到的一个乃至全部想法都充分袒露出来，包括不可能的念头，意义模糊的主意，以及理智的世界里从来没有冒出过的建议。

南茜告诉来参加研讨会的研究者："就是要让你自己发挥！尽情地联想吧，我们希望听到你们所有可能的设想。所以别怕犯错，况且，在这个舞台上，谁能从一个有用的主意中挑出错误呢？"

米尔顿·韦克斯勒是这种革新想法的开创者。他的许多朋友和病人都是艺术家或从事其他富有创造力的职业。米尔顿十分欣赏他们处理工作的方式。为什么科学问题不能用同样的方式处理呢？就像写一本书，制作一部电影，盖一栋房子和创作一首乐曲。年轻的科学家特别接受这种创新。

事实上早期的遗传性疾病基金会研讨会，不是所有新鲜的、有创造性的点子都有成功的结果。许多研讨会与会者所追寻的科研道路都没有结果。尽管缺少实际的效果，米尔顿所认识的剧作家和艺术家朋友们似乎还是热衷于帮助基金会工作。当其中一些艺术家为科学家举办聚会以后，学者们回去后会谈起他们新结识的这些名人，比如女演员卡萝尔·伯纳特，朱莉娅·安德鲁斯和建筑大师弗兰克·吉瑞。

几乎所有研讨会开始时都要向科学家介绍一个亨廷顿舞蹈病的家庭。研究人员通过第一手资料了解这种疾病的破坏性，它影响身体和精神的各个方面，而且一年年变差。他们可以看到所有的家庭成员都因为这种基因的微小失误而受害。研究人员投入极大的热情以尽快找到治疗方法。

在一次亨廷顿舞蹈病研讨会上，科学家们正在交流关于可行的研究方向的设想。这次会议是由女演员詹妮弗·琼斯·西蒙（左二）组织的。

# 一种新的思路：追寻标志物

不久前科学家发现亨廷顿舞蹈病会缓慢地破坏基底神经节。基底神经节位于大脑中央，是控制运动的脑细胞团。疾病还会损害大脑中被称为皮质的部分。皮质中的脑细胞受到破坏后会产生精神上的问题以及语言和记忆方面的困难。

一个基本的问题需要答案：为什么这些脑细胞会衰亡？它们是如何衰亡的？剑桥麻省理工学院的分子遗传学家大卫·豪斯曼认为，找到答案的最好办法是分析导致亨廷顿舞蹈病的异常基因。南茜同意他的看法。她说："我们需要找到导致这种毁灭的根源，然后阻断这种破坏的进程。就像去到尼罗河的源头解决问题要好于试图堵住下游各条支流。"

一个标志物将会提供亨廷顿舞蹈病致病基因在 DNA 中的位置的线索。

不久以后，科学家就发现研究亨廷顿舞蹈病的最好方法是寻找一种标志物，它可以提示有缺陷的基因所在位置的线索。什么是标志物？它为什么有用呢？标志物提示亨廷顿舞蹈病致病基因在 DNA 中的位置。

标志物是怎样发挥作用的呢？标志物缩小了范围。它告诉你，是在这块大陆，这个国家，也许很幸运，就在这座城市。但是寻找标志物也很困难。

南茜描述了这样的情景："想象一下，在南极发生了地震。此时大群的企鹅正聚集在一块巨大的浮冰上。当浮冰裂开时，原来离得很远的一对企鹅呆在各自的浮冰碎块上好像停止漂浮了。而原来相邻的两只各自闲逛的企鹅可能会被限制在同一块浮冰上。如果其中一只企鹅是标志物，另一只是亨廷顿舞蹈病致病基因，它们在同一块浮冰上，它们肯定会相遇。所以发现一个 DNA 标志物就会得到有关致病基因在哪里的信息。"

# 基因是什么？它们在哪儿？

基因到底是什么？基因由 DNA 即脱氧核糖核酸组成。DNA 是一个很长的分子，形状像螺旋状的阶梯，被称作双螺旋结构。一个基因就是一个长的 DNA 片段。每个人的 DNA 阶梯上都有 30 亿个横挡（碱基对）。只有 1% 的 DNA 的一个微小片段，就包含 25000 个以上的基因，来管理身体，控制从我们长的样子到对疾病的敏感性等所有身体运行。我们的基因在我们拥有的 23 对染色体上占据着特定的位置。我们的每一条染色体都有两条复制品，一条来自父亲，另一条来自母亲。染色体位于几乎所有细胞的细胞核里。细胞核是细胞的控制中心。

有时候一个微乎其微的错误就会造成遗传性疾病。比如 DNA 双螺旋结构上的碱基对逆转、太大、缺失或以某种方式改变。我们可以这样想象，在我们体内 30 亿对碱基对中寻找一个变异的基因，就像在全世界 65 亿人口的一半人当中寻找一个单独的杀手一样。我们简直不知道从哪儿入手。

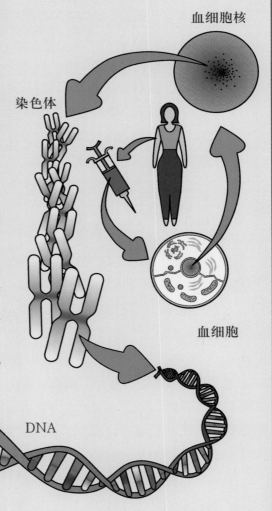

血细胞核

染色体

血细胞

DNA

科学家们要寻找亨廷顿舞蹈病的致病基因，就像警察要在地球上抓一个找不到任何破案线索的罪犯一样，没有任何关于它在何处的提示。就像南茜所说："这比从干草堆里找针要容易，因为当你找针时可能会扎伤手指。应该说这个研究过程更像是从干草堆里找某一根干草。"

　　南茜和其他科学家对亨廷顿舞蹈病的研究需要找到标志物，以从整条染色体中准确分离那个基因。标志物可以瞄准致病基因就像在案件中警察盯住罪犯。比如，警察确定疑犯躲在新泽西的迈普格鲁夫，他们就不用在全美国寻找了，而只是在一座城市挨门搜查就可以了。

　　但实际的过程是非常复杂的。除了寻找接近致病基因的标志物，研究人员还要研究在一个家庭中标志物和基因同时存在的形式。患有亨廷顿舞蹈病的家庭成员其基因标志物是某一种形态，而那些没有患病的亲属其同一基因标志物是另一种形态。

　　尽管研究人员已经分析和研究了几个美国的患病家庭，但他们没有找到家族中有较多发病案例的家庭。南茜认识到这个问题，她回忆起1972年看到的关于委内瑞拉马拉塞博湖地区的亨廷顿舞蹈病家族患病资料。她可以争取资助组织一个去委内瑞拉的考察团吗？那里的人们会接受研究吗？这些问题一时找不到肯定的答案。

# 南茜是老板

　　此时，南茜又遇到另一个挑战。1975年美国政府成立了控制亨廷顿舞蹈病及其后果委员会。该委员会的目标是弄清在美国有关亨廷顿舞蹈病的以下事实：有多少人患病？他们居住在哪里？患病对他们有哪些影响？

1976 年，南茜受邀担任该委员会的执行官。虽然她担心是否能够胜任，但她的父亲和姐姐，以及科学家同事们都鼓励她担起重任。南茜辞去她在纽约的教师职务，回到她的出生地华盛顿特区。

　　和遗传性疾病基金会一样，控制亨廷顿舞蹈病委员会也是韦克斯勒家的家族事务。米尔顿担任委员会的副主席。他喜欢开玩笑："我女儿可是我的老板呢！"伍迪·古瑟瑞的前妻玛乔里·古瑟瑞则担任委员会的主席。

　　在承担许多事务的同时，该委员会还收集了许多亨廷顿舞蹈病患者的个人资料。在公开听证下，人们介绍自己的经历，医生见证病人的情况，地方卫生官员汇报所在地区的病例。

南茜在听证会上。作为控制亨廷顿舞蹈病委员会的执行主席，她应该是唯一一位从个人和专业的角度理解这种疾病的科学家。

　　最生动的故事来自那些生活已经被疾病影响着的家庭。南茜告诉她的姐姐艾丽丝："有时候，来和我们谈话的家庭以为他们是世界上唯一的亨廷顿舞蹈病家庭。在我们的听证会上，他们第一次遇到其他的亨廷顿舞蹈病家庭。"南茜为这些遭遇如此巨大不幸的家庭所具有的胆量和勇气而惊叹。

　　该委员会最终完成了关于美国亨廷顿舞蹈病情况的 10 卷报告。该报告关注亨廷顿舞蹈病带来的伤害以及可提供治疗的严重不足。南茜撰写了论文最重要的部分。报告终于引起整个国家对亨廷顿舞蹈病的关注。更多的资金用于研究，更多的支持给与病人和他们的家庭。最为重要的是，更多的科学家已经投入时间和精力进行对抗亨廷顿舞蹈病的研究。

从某种意义上说，这些科学家正承担着职业风险。研究人类遗传性疾病意味着需要长期的努力却可能没有任何结果。人类存在巨大的遗传学差异。人类不像实验动物那样具有单纯的种系，所以包括人类在内的研究往往不能得到明确的结果。而且亨廷顿舞蹈病患者在中年以前几乎不出现症状，要在一个家庭发现几代病人并对他们进行研究就更加困难。

# 纯合体（纯合子）能给出答案吗？

南茜和其他科学家设想是否能找到具有异常亨廷顿舞蹈病基因的纯合体。纯合体指从其父亲和母亲双方都遗传了致病基因的人，而不只是仅从双亲的一方遗传致病基因。对另一种称为家族性高脂血症的疾病的研究证实，如果一个孩子从双亲那里都遗传了这种疾病，他的病情会非常严重。家族性高脂血症患者的血脂水平非常高，因而可能导致心脏病。有一个从父母双方都遗传了致病基因的女孩，才 7 岁就患上了心脏病。诺贝尔奖获得者迈克尔·布朗和约瑟夫·哥德斯特恩对这个家庭进行了研究并破解了有关心脏病的难题。那么寻找纯合体对亨廷顿舞蹈病研究有用吗？到哪里去找这样的病人和家庭呢？

更为重要的是，更多的科学家投入时间和精力来研究对抗亨廷顿舞蹈病。

南茜在一次工作会议上提出建议。她说："纯合体体内没有掩护那些有缺陷基因搞破坏的正常基因，所以通过研究纯合体我们也许能够确认亨廷顿舞蹈病的病因。"

南茜再次回忆起那部委内瑞拉亨廷顿舞蹈病病人的影片。在这个地区集中了如此多的亨廷顿舞蹈病病人，一定会有父母都患有亨廷顿舞蹈病的患者！其他的科学家也相信，马拉塞博湖地区的居民一定掌握着破解亨廷顿舞蹈病之谜的钥匙。于是控制亨廷顿舞蹈病委员会立即促成了一项资助委内瑞拉研究的项目。

# 什么是纯合体（纯合子）？

如果一个孩子双亲都患有亨廷顿舞蹈病，而不是只有一方患病，他会接受怎样的疾病遗传方式呢？要回答这个问题，先要了解纯合体和异合体之间的区别。

我们知道每个人都携带着两组各23条染色体，每一组分别遗传自父亲或母亲。亨廷顿舞蹈病的致病基因位于第4条染色体上。如果一个孩子遗传了这个有缺陷的基因，他就会患病。

我们来看一个特殊的家庭。父亲和母亲都患有亨廷顿舞蹈病，他们每人都携带一个正常（无害的）基因和一个异常（有害的）基因。因为父亲和母亲都携带一个异常基因，即亨廷顿舞蹈病显性遗传，所以他们最终都会死于这种病。他们的孩子则以4种可能的方式遗传父母的基因（见下面图示）。孩子有25%的机会获得来自母亲的正常基因和来自父亲的亨廷顿舞蹈病致病基因；有25%的机会获得来自母亲的亨廷顿舞蹈病致病基因和来自父亲的正常基因；有25%的机会获得分别来自父亲和母亲的

亨廷顿舞蹈病致病基因；还有25%的机会获得分别来自父亲和母亲的正常基因。

如果这个孩子遗传了两个同样的基因，或者都是正常的，或者都是致病的，他就被称为纯合体；如果这个孩子遗传了两个不同的基因，一个是正常的，一个是致病的，他就被称为异合体。

不要忘记，只要携带了一个致病基因就会得病。如果父亲和母亲都携带一个致病基因，那么他们的孩子得病的可能性是75%。也就是说，只有遗传了父母双方正常基因的孩子才能躲开疾病。最为不幸的是，携带两个致病基因的纯合体百分之百地会把疾病遗传给他们的孩子。

携带致病基因的纯合体受到疾病的影响有何不同？他们会表现不同的典型症状吗？他们会比别的病人更早发病吗？当科学家们找到患有亨廷顿舞蹈病纯合体后，他们有许多问题需要研究。

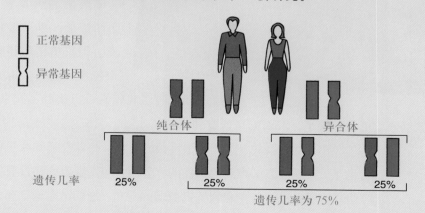

正常基因

异常基因

纯合体　　　　　　　异合体

遗传几率　　25%　　　25%　　　25%　　　25%

遗传几率为75%

对马拉塞博湖地区的调查项目使南茜非常振奋。发生在她自己家的变故促使她对那些远方的陌生人倍感亲近。

# 悲伤的结局

1978年春天，里奥诺尔·韦克斯勒的情况越来越糟了。南茜说："那些无法控制的动作折磨着她的身心。她坐着的时候，她一直抽搐的身体晃动着把椅子顺着地板推到墙角，然后她的头不停地撞击墙壁。为防止她夜里伤到自己，她的床已经用软羊皮和毛织物包好。"

妈妈走了以后，美好的童年留在了记忆里。这是一张在西部度假的照片，妈妈和惬意的两姐妹在一起。

南茜的妈妈消瘦很快。她和大多数亨廷顿舞蹈病病人一样，每天要消耗大约5000卡的热量，而正常人一天只需要2000卡。这也许是因为她一直不停地运动，也许是因为亨廷顿舞蹈病患者新陈代谢（身体消耗能量的方式）的特殊需要。南茜、艾丽丝和米尔顿总是给她随身携带高热量食物，比如糖果、冰激凌和糕点。但里奥诺尔还是越来越瘦。南茜告诉她的朋友："我妈妈一点都胖不起来了，可我却胖了。我用吃来躲避伤心。"

1978年5月初的一天，是个可怕的日子，疗养院通知家里妈妈去世了。艾丽丝急忙跑到妈妈住的疗养院，却发现妈妈还没有停止呼吸。护理人员没有注意到妈妈微弱的呼吸，他们错误地宣布妈妈去世了。

1978年的母亲节那天，妈妈终于走了。在家里为妈妈举行的私人纪念仪式上，艾丽丝和南茜轮流朗读了妈妈还是一个健康的年轻女孩时写给朋友们的信件。她们读着读着，仿佛又看到那个快乐、充满活力的妈妈。

全家人把妈妈的骨灰撒在了太平洋里。在她的骨灰消失在波涛下面的那一刻，他们与妈妈做最后的道别。虽然妈妈已经走了，但全家人对妈妈的敬仰将会一直存在下去。带着对里奥诺尔·韦克斯勒的怀念，与亨廷顿舞蹈病这个强大凶手的抗争将会继续下去。

考察组的首要任务之一是

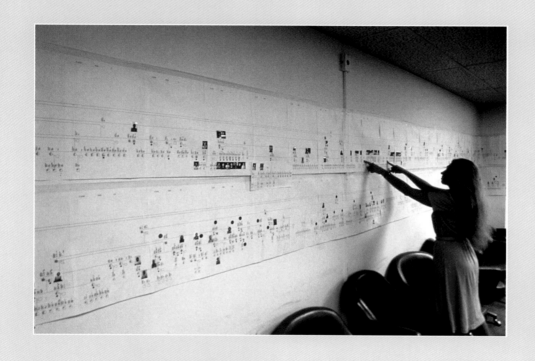

建立村民们的"家谱"。

# 6

# "我们都是一家人"

1979年，南茜和她的同事汤姆·蔡斯一起来到委内瑞拉。汤姆是美国国家健康协会下属国家神经疾病和中风学会的研究人员。他是支持女性任职的科学家，也是推荐南茜担任政府机构职务的重要人物之一。南茜上一次来到委内瑞拉度假还是一个无忧无虑的大学生，现在她又再次踏上这个国度。那里曾经让她开心地感受到了南美圣诞节的节日风情。

然而此时，南茜觉得再也不能用"过节般的"这个词来形容她周围的世界了。在这个靠近委内瑞拉马拉塞博湖的小地方，享廷顿舞蹈病简直是太常见了。到处都能看见骨骼脆弱，不停地晃动着肢体，步履蹒跚的人们。许多人看上去精神有问题，像是在和看不见的人、假想中内心的声音以及精灵们对话。无论是健康人还是病人生活都很穷困，而这里的天气又湿又热，也没有空调可用。

南茜看到一个懒洋洋地伸着舌头的男人沿着圣路易村的道路走过来。他细瘦的胳膊在潮湿的空气中抽打着，皮包着骨头折弯的腿蹒跚地走着，在地上画出一道道曲线。南茜不由地屏住呼吸，担心他随时会摔倒。

左页图中的家谱图向南茜的小组展示出这些委内瑞拉村民相互之间的关系，他们中谁已患病，谁有风险。家族谱图差不多包括了18000人，你能猜到这个门廊（上图）是一间办公室吗？南茜从这里带领研究小组访问拉瓜内塔。

从粗糙的黑白影片上看这些男人、女人和孩子是一回事，走进他们中间，接近他们，和他们交谈则完全是另外一回事，要帮助他们就更复杂了。

有两件事让南茜感到安慰。首先，那些有病的人是在村子中度过他们的余生的。他们和家人生活在一起，每天呆在家里；他们若是在狭窄的街道上徘徊，就会被好心人护送回家。病人不会被隔离到疗养院里，当然这里也没有疗养院。但从某种意义上说，整个村子就是一座疗养院。

其次，南茜好像又和妈妈在一起了。她告诉汤姆·蔡斯："我看到过许多亨廷顿舞蹈病病人，但这位妇女做的动作和我妈妈简直一模一样。我忍不住要看她，好像我妈妈又在我眼前出现了。"

很幸运的是，委内瑞拉内医学家阿梅瑞科·内格瑞特，也就是当初发现和诊断了这一地区亨廷顿舞蹈病发病情况的那位医生，来为南茜和汤姆做介绍。他的两位学生，罗曼·艾维拉－吉容和厄内斯特·博尼拉也来陪伴南茜和汤姆。起初，这两个学生对收集的信息提出一些奇怪的问题。他们的参与非常与众不同。

金发碧眼的汤姆和南茜在一群棕色皮肤、黑眼睛的委内瑞拉村民们中间格外引人注目。他俩的西班牙语也不太好，无法清楚地解释他们是谁，他们是做什么的，也无法请求帮助。但是他们明白要找什么：那些父母都患病的亨廷顿舞蹈病病人，而且他们的父母还都活着。这个人若是从父母那里都遗传了有缺陷的亨廷顿舞蹈病致病基因，那他就是携带异常亨廷顿舞蹈病基因的纯合体了。假如他的父母还活着，采自父母及其子女的血液样本将会给亨廷顿舞蹈病研究提供更多的信息。

通过同事的帮助，汤姆和南茜友好地向村民提问。因为他们毕竟是陌生人，问的又多是私人问题。村民们会配合他们吗？村民的随意回答让他们非常吃惊，而没有人知道村中有谁符合他们的要求也让他们很失望。

一位妇女说："是的，我们这儿有一个人像你们说的那样的人，可是他妈妈春天已经死了。"另一个男人则说："我知道有一个男孩和他妈妈都病了，可是他爸爸已经搬走了。"

南茜问他们："谁最了解这里村民的情况呢？"

一个女人答道："有一个老人认识村里的每一个人。你们去商店一定能找到他。"南茜、汤姆和同事们顺着她指的方向朝村里唯一的商店走去。一路上，好奇的村民们一直围着他们转来转去，其中许多人甚至包括一些小孩子，都显露出亨廷顿舞蹈病的症状。孩子们的身体不像大人们那样一直不停地抖动，但他们的动作更为僵硬。

南茜和汤姆找到了那位老人。他告诉南茜他的父亲死于亨廷顿舞蹈病，虽然他自己也有患病的风险，但他一直很健康。他自豪地向他们宣布："我有 34 个孩子！"

汤姆问老人："您有几位妻子？"

"我有 3 个妻子。我的 25 个孩子是其中两个妻子的，她们两个是姐妹。"

接着老人告诉他们到哪里去找他们正在寻找的家庭。"从这里走几个小时会看到一个吊脚楼的村庄叫拉古内塔。在那儿你们可以找到父母都患有'埃尔玛尔'的人。"现在汤姆和南茜知道了在当地的方言里，亨廷顿舞蹈病被称为"圣维托的埃尔玛尔"，即"圣

考察队成员杰奎莱恩·贝克汉姆（站立者）和安娜·扬跟随南茜与委内瑞拉当地居民亲密接触。因为他们知道友谊和科学同样重要。

"我们都是一家人" **57**

维特斯的舞蹈"，也简称为"埃尔玛尔"，就是"亨廷顿舞蹈病"的意思。

# 寻找纯合体

南茜和汤姆向拉古内塔村进发。他们先开了 3 个小时的吉普车，然后换乘一种叫做查拉那的小船（类似有动力的独木舟）。那天马拉塞博湖非常安静，但人们警告说它马上就会变得很凶猛。汤姆说："我觉得我们出门不太理智。"他试着探测湖水的沉寂和安静。南茜说："我想你是对的。"但他们仍然希望尽快到达那个吊脚楼村然后平安回来。

吊脚楼村得名于该村村民的房子都建在高高的木桩上。他们的房子都用木桩支撑，建在湖面上，在西班牙语中这种地方叫做 pueblos de agua，即"水上的村庄"。湖边的土地多为沼泽和丛林，不适合居住，于是村民住在水上，小船成为交通工具。他们在汹涌的湖水中撒网捕鱼来养活自己。这里的孩子长到 6 岁就会每天划船外出捕鱼。村子里有 22 座小房子，一家商店，一座天主教堂。在每家的小房子里住着的人数会达 18 人之多。

南茜此时还没有意识到，就在这特别的一天，她遇到了掌握着解开亨廷顿舞蹈病之谜钥匙的那个家庭。家中的父亲在因病丧失部分行为能力以前是村里的首脑，妈妈是健康的，她尽全力照顾着他们的 9 个孩子，其中 7 个患有亨廷顿舞蹈病。科学家已经证实，如果亨廷顿舞蹈病患者在童年就显露出症状，一般都是遗传自父亲。后来，这家小儿子的 DNA 为研究人员提供了非常关键的数据。

那是对这个家庭的初次访问，南茜仍然在寻找携带有缺陷的亨廷顿舞蹈病基因的纯合体。通过这个男孩的家庭她找到了另一些人。男孩的姑姑及其丈夫都患有亨廷顿舞蹈病。更为重要的是，根据南茜的观察，这对夫妻的 14 个孩子中有几个已经显露了亨廷顿舞蹈病的症状。

但这几个孩子是纯合体吗？没有办法可以证实。有亨廷顿舞蹈病症状的孩子可能遗传自父母中的一个，也可能遗传自父母双方。得病的孩子中没有人病情比一般病人重。

南茜和汤姆向这家的父母和孩子解释，美国和世界上其他国家的科学家都希望进一步了解亨廷顿舞蹈病，科学家可以通过采自他们家的血液样本获得了解亨廷顿舞蹈病的关键资料。而这些知识不仅可以使他们和他们的孩子获益，还能帮助世界上许多受这种疾病伤害的人。

这家的父母答应了他们的请求。不久，南茜和汤姆乘坐飞机将采自全家的血样运送回美国。这只是很小的研究，但这非常关键，南茜边想着边俯视着渐渐离去的这片土地。

回到美国后，南茜仍就惦念着众多患亨廷顿舞蹈病的委内瑞拉村民。马拉塞博湖地区简直是解开亨廷顿舞蹈病谜团的理想之地。

不久之后，在一次亨廷顿舞蹈病的工作会议上，南茜告诉科学家们："我们应该再去委内瑞拉。我们不可能在别的地方发现这

他们是去朋友家吗？在20世纪80年代的拉古内塔，要出门或者回家，你只能撑着船出行（上）。因为这个吊脚楼村（顶图）的所有房子都建在湖水中的木桩上。

么多的能够给与配合的亨廷顿舞蹈病家庭，还有谁能够给我们提供那么多信息呢？他们是唯一能帮助我们的人。"

一部分科学家同意她的看法。也有人怀疑能否在委内瑞拉得到准确的家族关系的资料，甚至有人怀疑一位年轻的女性能否领导一个团队。但南茜像以前一样固执，她又回去了。

1981年3月，南茜和一个科研小组回到了委内瑞拉。几个委内瑞拉研究人员也参加了进来。在找到亨廷顿舞蹈病致病基因以前，他们需要找到标志物，即指示致病基因所在位置的线索。

# 那就是亨廷顿舞蹈病的标志物吗？

基因图谱就像普通的地图，南茜对自己说。一幅美国地图，一幅洛杉矶地图或一幅纽约地图，标有街道、山川、河流。要找到某人，就要先询问他的地址。寻找基因就像房产，谁挨着谁住。我们的基因是住在麦迪逊大道，中央公园里，圣莫尼卡海滩，还是洛杉矶市中心？问题是基因没有地图也没有路标，这种探索就像路易斯和克拉克开始绘制未知世界时一样刺激和激动人心。

> 到哪儿还能找到这么大的亨廷顿舞蹈病家庭来配合我们，给我们这么多帮助呢？

那么你怎样发现一个基因呢？首先，你要尝试先找到这个基因最近的邻居。南茜知道那个患有亨廷顿舞蹈病的大家庭对他们很重要。因为他们所有人都是从一个人那里遗传致病基因的，这个人被称为原发患者。

南茜这样解释他们正在寻找的目标和寻找的原因："我们需要这些家庭中具有亨廷顿舞蹈病症状的许多人，比如他们的父母，祖父母，最好还有那些没有症状的兄弟姐妹和其他亲属。总之，我们需要有亨廷顿舞蹈病症状的人，因为我们知道他们携带亨廷顿舞蹈病致病基因。我们可以用自己的眼睛观察病人的症状。下一步，我们需要同一个家庭中携带相同DNA却没有亨廷顿舞蹈病症状的那些人。这里有一点假象，就是亨廷顿舞蹈病最迟会在六七十岁才发病。所以对家庭中那些五六十岁有患病风险却没有症状的成员，我们只能假设他们遗传了正常形式的基因。"

南茜接着说："当然，我们必须相信自己眼睛所观察到的，谁有症状，谁没有。因为我们不可能用血液试验寻找我们还没找到的基因。我们寻找双亲和4位祖父母都健在的家庭参与到研究中来。有好几代对研究很有帮助，因为我们希望研究谁传递何种基因给何人。"

"在染色体上排列在一起的两个基因会一起遗传给下一代，你还记得呆在一块浮冰上的企鹅吗？我们知道亨廷顿舞蹈病致病基因从一代传递给下一代，我们要找到在染色体上和亨廷顿舞蹈病致病基因排在一起传递下去的那个基因。假想紧挨着亨廷顿舞蹈病基因的是用于制作冰激凌的基因，这个基因有34种口味。如果这样，偶然地一个患有亨廷顿舞蹈病的人他的冰激凌基因是巧克力口味的，这家的其他人携带正常形式的亨廷顿舞蹈病基因，有香草味的、阿月浑子味的、草莓味的，各种各样，就是没有巧克力的。这是冰激凌基因与亨廷顿舞蹈病基因在同一条染色体上挨得很近的强有力证据。在其他的家庭里，有缺陷的亨廷顿舞蹈病的基因可能是香草或芒果口味的。冰激

拉古内塔木桩上的家就像世界上任何地方的家一样，父母和他们的孩子们生活在里面。

凌基因对亨廷顿舞蹈病基因没有影响，它只是和亨廷顿舞蹈病基因排列在一起。"

南茜提问："那么你怎样才能发现冰激凌基因呢？假如你不知道亨廷顿舞蹈病基因在哪儿，位于哪一条染色体，没关系，冰激凌会融化的，它会留下具体的痕迹让我们分辨它在哪条染色体上。"

"冰激凌基因的作用就是亨廷顿舞蹈病基因的DNA标志物。一个DNA标志物的微小改变则会有完全不同的形式或说'口味'，它就像一个基因一样在染色体上有一个明确的位置。如果它在染色体上和亨廷顿舞蹈病基因紧挨着，它们就会一起从一代传给下一代。"

# 回到委内瑞拉

谁还需要书桌？南茜追求科学，无论转到哪儿，生命都接纳了她。这是一张南茜在拉古内塔吊脚楼露台吊床上工作的照片。

为了介绍他们自己并解释他们所从事的研究工作，南茜和她的同事为村民们组织了一个大型聚会。研究小组包括遗传学家、护士、法律顾问和医生。他们分别在圣路易斯、巴芮奎塔斯和拉古内塔三个村庄工作。从此以后，22年中，每年3月和4月，南茜和她的研究小组都要回到这里。

研究小组的首要任务之一是为村民建立一份"家谱"。家谱就是一个家族的图谱，由家庭成员组成，他们拥有一个共同的祖先，丈夫和妻子结合形成家庭，繁育后代。这项工作非常关键，因为研究需要了解谁的DNA传给了谁。需要做许多侦探工作才能保证信息准确。南茜通过询问来了解村民彼此之间的关系。尽管没有文

字记录，很幸运的是，许多村民都有和亲戚以及去世亲人的照片。虽然很多家庭了解自己的亲戚关系，要把这些信息转换成家谱或家族结构图还是很困难的，需要做许多调研和询问工作。

因为马拉塞博湖地区的许多人都有类似的名字，有关姓氏的信息不能提供足够的分析资料。研究人员给许多人拍了照片，贴在挂在墙上的家谱图上。南茜对着喧闹的人群大喊："请站到和你最亲的亲属照片旁边！"就是用这种非常规的办法，南茜和她的研究小组分清了村民的家族关系，建立了包含18000人在内的庞大的家组谱图。

南茜的姐姐艾丽丝，一位拉美历史学博士也来到了委内瑞拉。她和一个小组来调查这个国家偏远地区的疾病史。艾丽丝和她的同事菲德拉·戈麦兹证实了一种个人观点，认为把这种疾病带到委内瑞拉这一地区的不只是一个人。得益于艾丽丝的一些研究，南茜的研究小组成功地将村民的亨廷顿舞蹈病回溯到19世纪早期居住在

"办公室每天都是这样！"南茜指着这张1990年在委内瑞拉拍摄的照片说。莎拉·莱斯（左），菲德拉·戈麦兹（中），朱迪·劳瑞默（站立者）和南茜周围贴着家谱图。

吊脚楼村中的一位妇女。给她起个合适的名字叫"概念"吧。她的父亲可能是一个航行到马拉塞博湖的欧洲水手，患有亨廷顿舞蹈病。他生育了孩子，把疾病传到了这一地区。没有人知道真实的情况，只知道这位妇女共有9代15000个子孙。从"概念"自己那一代开始，每一代都有子孙患亨廷顿舞蹈病，其他子孙（包括现在在世的人）则有患病的风险。

其他一些亨廷顿舞蹈病家庭的发病起源不是"概念"，而是患有亨廷顿舞蹈病的别的人。成为家族图谱起源的那个人，也就是这个家庭里最先患病并且把疾病传给后代的人，被称做原发患者。

研究小组需要采集血液样本进行下一步的研究。但要说服村民们提供血样非常困难，他们从来没有做过这种事。男人们担心一旦抽了血，他们就不能喝酒也不能去捕鱼了。看到一大片试管装有他们的血液，孩子们的眼里充满了恐惧。

南茜向村民们耐心解释她自己也来自亨廷顿舞蹈病家庭，也就是说她和大家一样可能会患病。她让村民们看她手臂上的一个小伤疤，那是以前采集皮肤样本时留下的。她告诉村民，以前的科学家都是用皮肤样本进行研究，后来他们才知道用血液样本就可以了。南茜说："看，我和你们一样"，她在拥挤的人群中走动着，给村民看她的伤疤，"我把自己的皮肤和血液样本提供给科学家，让他们了解'埃尔玛尔'的秘密。我们是一家人。"

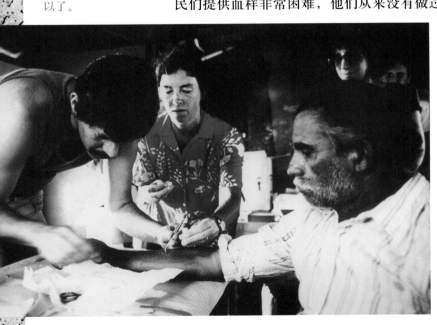

埃拉·沙尔逊和安娜·扬从一位马拉塞博湖村民的身上采集皮肤样本。后来他们知道用血液样本就可以了。

后来南茜曾写信回家阐述她的观点："对世界上所有的人来说，你是有助于消灭这种疾病的人之一；对世界上任何地方有病的和可能患病的人来说，你都非常重要。"

在此之前，村民们一直认为他们是唯一遭受"埃尔玛尔"可悲命运伤害的人。感谢南茜，他们现在知道了他们是地球大家庭的成员。

村民们了解了真相之后，马上慷慨地提供了自己的血样。但是他们仍旧不太相信美国也存在亨廷顿舞蹈病。他们说："既然你们都能去月球旅行了，为什么不能消灭'埃尔玛尔'，还要去找治疗方法呢？"

最终得益于艾丽丝的研究，南茜的研究小组在村民中找到了亨廷顿舞蹈病源于 19 世纪早期吊脚楼村的一位妇女的证据。

委内瑞拉村民的血样对科研非常重要，必须在采集后 72 小时内把血样送到位于波士顿的吉姆·古塞拉实验室，而且要由一个专人负责运送这些宝贵的血样。所以血样都是集中在"采集日"统一采集，然后由一位研究小组成员护送离开委内瑞拉前往波士顿。

## 采集日

1982 年，在圣路易斯，这是一个特殊的采集日。地点是在又闷又热、设施极差的政府大楼内，这里曾做过学校、诊所和社区中心。大楼内甚至整个镇子中央都挤满了人，这里的每个人都想对这些陌生人的行为一探究竟。有的孩子哭起来了，妈妈安抚着他们。男人们开着玩笑，或者嘲弄别人来掩饰自己对抽血的恐惧。热带的小虫子叮咬着来这里的人群，走来走去的和呆着不动的都不放过。墙上贴满了家族图谱。

南茜来了，穿着棉衬衫、卡其布长裤和运动鞋，长长的金色头发在脑后扎了一个马尾辫，把修长的脖子露了出来。她拥抱和亲吻着这里的人，把婴儿和小孩抱起来，用刚刚学会的西班牙语安慰村民。

她用铁皮杯为一位一直抖动的亨廷顿舞蹈病妇女喂水。

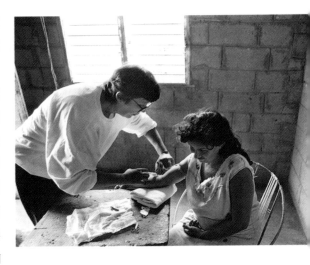

南茜的研究小组成员大多为女性。而研究小组里无论是男性还是女性都充满柔情，他们既是同事，也是家人。南茜说："我们和村民接触，让他们知道我们

菲德拉·戈麦兹护士正在抽取血样（左）。安娜·扬和南茜正享受在一起的开心一刻（下）。与在各地的同事一样，无论工作有多重，他们都会享受一下。

很细心，他们也知道我们每年都会回来。我们不会遗忘他们。"

在一个很小的检查室里，来自阿根廷的护士菲德拉·戈麦兹从排队等候的村民手臂上抽取血样。她的动作迅速、温柔而且轻松，在村民们还来不及害怕的时候，采血已经完成了。其他同事特别细心地为每一份血样贴上明确的标签。快到晚上的时候，所有的血样瓶都会集中到一起，平稳地放到斯蒂龙材料的箱子里。然后有一个小组成员就要带着血样乘船、吉普车和飞机开始返回波士顿的旅程。此时吉姆·古塞拉正在马萨诸塞综合医院的实验室里等候检测血样。

在圣路易斯政府大楼外面，研究人员正在做他们称为"神经"的神经学测试。他们检查村民是否有亨廷顿舞蹈病的早期表现，让他们的眼睛跟随手指移动（眼睛移动困难是疾病的早期表现）；他们让村民踏步走检查平衡和控制动作能力。测试人员还检查村民的反射和肢体弯曲情况，了解肌肉的状态。

测试明确了哪些人已经患病，在已经诊断为病患的人中一年来疾病的发展程度。孩子们则分别扮作医生和病人作神经测试游戏，他们把两组的动作准确地模仿出来了。

尽管研究人员用神经学测试检查出亨廷顿舞蹈病的症状，确诊的村民自己却很平静。当某人出现哪怕很轻微的症状时，他们会说有人失落了，他们很乐观。

南茜的研究小组中的很多成员自1981年起每年都来这里，一直付出巨大的努力帮助这里的人们。哈佛医学院的神经学主任安娜·扬和她的丈夫杰克·潘尼，洛杉矶儿童医院的罗伯特·斯诺德格拉斯，都是坚持定期访问的忠实队员。

虽然针对亨廷顿舞蹈病还没有治疗方法，团队的医生和护士们为村民们其他方面的疾病提供了治疗，比如损伤、感染和寄生虫病等。

又是新的一天，研究小组出发到圣路易斯以南两小时车程的巴瑞奎塔斯。这个村庄的生活也是几百年来没有太大的改变。在这里，大约一半的人患有亨廷顿舞蹈病或具有发病的风险。超过3000名儿童最终患病并死于亨廷顿舞蹈病。但今天，一群群好

儿科神经学家罗伯特·斯诺德格拉斯问候拉古瑞塔的一位老先生。作为自1982年起献身于研究小组事业的成员，罗伯特一直对家庭成员表示极大的赞美和尊重。

奇的孩子把来不及放下设备的研究小组成员团团围住。南茜把组里新来的一位医生介绍给一个看上去很健康，带着浅浅微笑的蓝眼睛小姑娘。小特里莎已经是南茜研究小组收养的女儿了。

然后，研究小组来到巴瑞奎塔斯以南的拉古内塔吊脚楼村，这里很多人有不同程度遗传亨廷顿舞蹈病的危险。研究人员先搭乘一艘石油公司的渡轮，再换乘捕鱼的小船终于到达目的地。他们乘小船从一座房子到另一座房子挨家挨户访问。夜晚他们就睡在户外露台上的吊床上，蝙蝠和丛林里的小虫子在身边飞来飞去。

在这些村庄里，南茜和她的同事们给村民做检测，抽取血样，治疗疾病，更新家族图谱的数据。她向新来的医生介绍："我们不断地向村民询问有关家庭的问题，询问每个人和他人的关系。我们年复一年来到这里，不断给村民做测试，记录疾病发展的进程。"时光荏苒，越来越多的队员和村民建立了深厚的感情，他们必须战胜消沉和绝望，每一次的回访都显示了研究小组和疾病不屈不挠抗争的决心。

彩色的盘子和碗给建在水上的村居房屋带来生机，但只有家庭成员才能组成一个家。

在每座村庄，南茜都有一个相同的昵称。每年3月，这里的村民都会盼望"金发天使"的到来。

有一年，一场意外差点让"金发天使"和她的同事们不能回去。南茜和同事正乘坐小船赶赴另一座村庄时，一场可怕的暴风雨袭击了马拉塞博湖。他们在湖中央和狂风巨浪整整搏斗了4个小时，差点淹没在湖水中。当他们平安归来时，研究小组举办了一个大型舞会，村民们都赶来庆祝，无论是健康人还是遭受疾病折磨一直跳着奇怪舞蹈的病人，一个都没有落下。

让南茜感到自豪的是，她
已经设计出一种方法，

那些具有患病风险的人可以
用此方法预测自己的将来。

# 7

# 预测将来

20世纪80年代初期，南茜快40岁了。由于亨廷顿舞蹈病多在三四十岁的时候侵袭受害者，南茜开始担心自己是否会拿不住笔、摔跤或忘记约会。开始发病了吗？会发生与以往一样的事情吗？

后来她努力让自己不再担忧，积极投入到工作中。经验告诉她，在无力改变现实的时候担忧对她一点用也没有。从另外的角度来看，工作可以改变她和其他人的将来，要比一味担心好得多。

南茜的研究工作让她待在华盛顿。结束控制亨廷顿舞蹈病委员会的工作后，在委员会的推荐下，她参加了隶属于美国国家健康协会的国家神经疾病和中风学会（NINDS）。她仍然投入大量的精力继续在波士顿进行血样的研究，研究进展缓慢，但确实向前发展着。

大卫·豪斯曼是一位乐观的科学家，他鼓励南茜和遗传性疾病基金会推动利用DNA标志物寻找亨廷顿舞蹈病致病基因的研究。他建议积极测试那些可能与亨廷顿舞蹈病基因排列在一起的每一种标志物，而不要消极等待整个人类基因图谱完整地绘制出来。大卫也非常鼓励南茜去委内瑞拉进行研究。南茜曾天真地问大卫找到大家庭是否更好，大卫答道："当然了！如果你能找到最大的亨廷顿舞蹈病家庭那就太棒了！"

大多数科学进程伴随着会议、论文、阅读材料，以及每一个科学实验。家族图谱（上）为亨廷顿舞蹈病研究提供了非常重要的数据。

大卫有一个很了不起的学生吉姆·古塞拉。吉姆和他的团队从麻省理工学院移师哈佛大学，忙于寻找那些有助于给基因准确定位的新的标志物。这些标志物被称为多态性限制片断，英文缩写为RELPS。RELPs非常小，在DNA中以一定的变化起到标志物或路标的作用。就像基因一样，每一个RELPs在染色体上有一个特定的位置或地址。吉姆和他的团队每发现一种新的标志物都要检测它是否在家庭中与亨廷顿舞蹈病一起"旅行"。从1980年末到1983年，吉姆共设计了11个新的标志物，但没有任何一个有他们想要的作用。这种悲观的想法是对的吗？

迈克尔·康奈利是印第安那大学著名的人类遗传学家，他的团队利用计算机分析协助寻找亨廷顿舞蹈病基因的标志物。

吉姆的团队里有一个技术人员叫金哲·维克斯。她设计了第12个标志物，大家把标志物以她的名字命名为：G-8。G-8有4种不同的形态或形式：A、B、C和D。如果G-8在染色体上的位置和亨廷顿舞蹈病基因挨得很近，它就一定会和亨廷顿舞蹈病基因一起遗传。吉姆及其团队分析了亨廷顿舞蹈病家庭的DNA，然后把数据传送到印第安那大学的麦克·康奈利和他的统计遗传学家团队。麦克把这些DNA数据和南茜提供的家族图谱及症状信息结合起来分析。

吉姆、麦克和南茜首先分析了一个衣阿华州亨廷顿舞蹈病家庭的数据，分析结果提示了G-8可能和亨廷顿舞蹈病基因排列得很近。但当麦克把所有数据都输入计算机进行分析时，结果似乎没有统计学意义，这些数据并未显示一种明确的联系。

吉姆及其团队仍忙于从南茜提供的血细胞中提取DNA，这些血细胞来自南茜和她的研究小组在委内瑞拉采集和递送到美国的血样。吉姆把这些DNA数据和南茜提供的委内瑞拉家族图谱资料、神经检测结果一并递交给麦克·康奈利进行分析。然后他就去科罗拉多州的阿斯本开会了。南茜留在华盛顿特区，等待让她紧张不安，会发生什么呢？

他们都在等待 G-8 是否与亨廷顿舞蹈病基因排列在一起的研究结果。如果它们确实排得很近，亨廷顿舞蹈病基因肯定和G-8的其中一种形态排在一起，可能是 A 或 B 或 C 或 D，而且有缺陷的亨廷顿舞蹈病基因会和G-8的一种形态一起遗传，正常形式的亨廷顿舞蹈病基因会和G-8的另一种形态一起遗传。

每个人都在屏住呼吸等待着对委内瑞拉血样的研究结果。即将到来的会是一个巨大的撼动世界的发现，还是一个很大的失望呢？

G-8 数据送到印第安那大学的时候，麦克正要去科罗拉多大峡谷度假。他要求他的两个研究生佩吉和贝丝："你们一起把数据输到计算机里，然后把结果告诉我。"吩咐完之后，他就和妻子、孩子们一起出发去西部了。

麦克正在科罗拉多大峡谷国家公园为营火晚会

做装饰的时候，公园管理员找到了他。"你是康奈利先生吗？"管理员告诉他："佩吉和贝丝让你给她们去电话。"

可是已经很晚了，此时已是晚上11点钟，所以麦克决定还是第二天早上再回电话，这样时间充裕一些。他哪里想到这个消息很急，佩吉和贝丝整整一夜都在等着他的电话。

南茜注意到做研究会让科学家快乐，她显然是对的。在美国国家健康协会的时候，南茜乐于从事研究亨廷顿舞蹈病遗传模型的工作。

# 我找到了！

第二天早上，麦克从晕晕乎乎的佩吉和贝丝那儿听到了计算机分析显示的内容：令人惊奇的是，吉姆研究小组研制的第12号标志物和唯一一个在委内瑞拉家庭中实验的标志物中了"头彩"！结果令人振奋，委内瑞拉亨廷顿舞蹈病家庭中，所有有症状的人都携带G-8的C形态，而他们健康的亲属则携带A、B或D形态。产生差异的可能性只有百万分之一。

南茜曾在极度渴望中等待着消息。她知道麦克正在科罗拉多大峡谷底部度假，根本回不来；她也指望不上正在科罗拉多州开会的吉姆。最终，她再也忍受不了这种悬而未决的状态了。她打电话给佩吉和贝丝，结果听到了这个激动人心的消息。南茜激动地忍不住高声叫喊，好多人吃惊地跑过来看发生了什么事。南茜先打电话向父亲报告了消息，米尔顿简直欣喜若狂，他说："我真高兴我可以活着庆祝这一天。"南茜又和姐姐艾丽丝通了电话，她说："我已经乐翻天了，跳个不停！"

迈克尔·康奈利、南茜、米尔顿·韦克斯勒和吉姆·古塞拉于1983年发现亨廷顿舞蹈病基因标志物后在庆祝蛋糕后面合影。

南茜跑到她在NINDS的同事那里，感谢他们为今天的成功提供的所有支持。是他们资助了委内瑞拉的研究项目，为医疗设备和租用船只等所有研究的各项需要支付费用。

麦克听到消息时是何感受呢？他大声说："当我听到研究可以结束的消息时我简直快要哭了。"

接下来，科学家们缩小了这个基因大概位置的范围，它大概在第4条染色体（共23条）短臂的顶端。但要确定它的准确位置还需要很长时间的艰苦努力。

1983 年 11 月有关亨廷顿舞蹈病基因标志物及其位置在第 4 条染色体上的消息震惊了世界。南茜、吉姆·古塞拉、迈克·康奈利等人合作在英国科学期刊《自然》上发表了论文。当年遗传学先驱詹姆斯·沃特森和弗兰西斯·克里克也曾在这份期刊上最先揭示 DNA 的结构。

几乎所有美国大报都在头版刊登了这一事件。《时代》和《新闻周刊》则把该事件作为了封面题材。南茜和吉姆还出现在电视和广播节目中，讲述研究亨廷顿舞蹈病的故事、这种可怕疾病的受害者、庞大的委内瑞拉家庭，以及科学家在亨廷顿舞蹈病基因定位上的突破。吉姆·古塞拉说："当我最初决定做这项研究工作时，人们都认为我彻底疯了。"如今想起人们的话他不由得摇头。

对南茜和艾丽丝这样存在患病风险的人，和那些已经患病的人来说，这个新发现意味着什么呢？疾病仍然无法治愈，也没有具体的治疗方法。医生们可以采取一些措施减轻病人诸如抑郁等明显的症状，但无法阻止病人陷入缓慢而痛苦的死亡进程。但南茜和她的研究小组仍然相信，现在发现了基因标志物，不久以后基因本身

> 有谁会愿意听到这样令人寒心的消息："你遗传了亨廷顿舞蹈病致病基因。因为尚无治疗方法，你将会患病并因病而死。"

也将定位，以及将来发现治愈该病的方法，这是他们给与亨廷顿舞蹈病家庭最好的时间表。

显然这是一场革命。有了基因标志物以后，那些有患亨廷顿舞蹈病风险的人就要做一个重要的决定。他们可以做一个新的测试，判断他们是否遗传了亨廷顿舞蹈病。这种测试当时的准确率是 95%，现在已接近 100%。

谁需要做这个测试呢？这确实是一个问题。做这个测试的人必须完全自愿去了解自己是否有患病的危险性。那么有谁愿意做这个测试呢？有谁会愿意听到这样令人寒心的消息："你遗传了亨廷顿舞蹈病致病基因。因为尚无治疗方法，你将会患病并因病而死。"

# 你想知道吗？

　　如果有机会进行测试，只对有遗传危险的个人进行测试是不够的，应对整个家庭进行测试。有许多活着的家庭成员有必要，并希望做测试。南茜对测试的情况作了如下诠释："在任何一个可能有亨廷顿舞蹈病的家庭里，和致病基因一起传递的标志物形态是唯一的。对家庭所有成员的基因标志物进行追踪可以找到那个和致病基因一起传递的标志物，它必定是标志物 4 种形态中的某一种。"

　　对那些被收养的或在世亲人不多的人来说，这个测试无法提供有用的信息。但对于那些家庭中很多亲人都希望确认自己是否携带异常基因的人来说，这个测试很有必要。

　　作为一位心理学家，南茜清楚地意识到测试带来的情感危机。当你听到你没有携带亨廷顿舞蹈病致病基因的消息时，你感到很高兴，但这又如何能抵消收到死亡预言——你肯定会患病的消息时的感受呢？

　　南茜给那些有患病危险的人及其他们的配偶、家人提出忠告。她结合其中的科学和心理学问题温和地讲解，一一分析做这个测试的好处和弊端。南茜认为小孩子不应该做测试，他们太幼小了，不适合接受这么残酷的决定。对那些接受测试的人来说，也不能侵犯他们个人的隐私。一旦测试完成，南茜和其他测试人员都是在私下告知测试结果。

　　这一测试对计划要生宝宝的年轻夫妇非常有用。如果测试结果是他们未携带亨廷顿舞蹈病致病基因，他们就能放松了，因为他们的孩子也不会患病了；如果测试结果相反，他们携带了致病基因，他们就面临复杂的决择：知道他们都有 50% 的发病可能性以后，他们还能生育自己的孩子吗？尽管现在人工受精方面的新技术已经可以实现选择不携带亨廷顿舞蹈病致病基因的胚胎植入母体，父母们还是要决定是否要孩子，因为可能他们的孩子还很小的时候，疾病就会侵袭他们。

# 决定的时刻

　　南茜姐妹是否决定做测试呢？她们约好在洛杉矶吃午餐时讨论这个问题。南茜说："我一直在想，我肯定是要做这个测试的，我从来没有怀疑过。"

　　爱丽丝问她："那你现在怎么想呢？"

　　南茜回答："现在我就像在看一个我以外的人，想知道她会怎么做。"

　　那天姐妹俩都没有作出决定。

　　下一个周末，姐妹俩去看望父亲，和他讨论测试的事情。米尔顿一直希望两个女儿都没有遗传这种疾病，但现实可能会像铅一样压着他们。父亲说："如果证实你们哪一个携带了致病基因，我们三个的生活就全毁了。为什么要用这个知识去破坏每个人的幸福呢？"问题是如此充满感情，逻辑上的讨论似乎进行不下去了。

在研究亨廷顿舞蹈病方面，南茜一直和父亲合作。在由遗传性疾病基金会组织的研讨会上，南茜和父亲有机会呆在一起。

从此以后，一家三口不再谈论这个问题。无论姐妹俩最终作出怎样的决定都是她们个人的事情。

也许就像一句古老的谚语所说："当心你所希望的，也许它就要变成现实。"南茜曾经盼望并为之努力工作的是建立这个测试，现在她和她的亲人不得不面对测试存在的这一现实。

无论南茜最终是否决定做这项测试，她为自己确定一种方法来帮助有患病风险的人们预测未来而感到自豪。然而掌握致病基因的真正益处是更好地了解疾病，能够预防、治疗，最终治愈疾病。

利用家族图谱和血样，南茜努力挽救了世界范围内数千名患者。

## 测试, 1, 2, 3

到 20 世纪 80 年代后期, 在美国、加拿大、英国及其他几个欧洲国家均设立了亨廷顿舞蹈病测试中心。每一家测试中心都要求来做测试的人参与一项活动。这项活动是由亨廷顿舞蹈病家庭以及对这些家庭进行研究的人员一起设计的, 包括类似于神经学检测的深入评估, 判断被测试人是否已出现亨廷顿舞蹈病的症状。评估项目集中在如下的问题上: 你真的想知道测试结果吗? 为什么? 了解测试结果可能改变你以后的生活, 你想过吗? 你能接受不好的结果并继续以前的生活吗? 如果测试发现你的基因正常而别人受到侵害你会认为自己是"有罪的幸存者"吗? 如果需要, 你会再次接受评估吗?

如果受试者决定继续接受测试, 技术人员就会为他抽取血样, 分析血样中与亨廷顿舞蹈病基因排列在一起的 DNA 标志物。但是在这些国家里, 有患病危险而前来做测试的人远远低于预期的人数。到 1992 年, 全球只有 1400 位有患病危险的人做了测试。事实上, 只有不到 20% 的有患病危险的成年人前来测试中心, 世界各地的许多人都像韦克斯勒家一样, 很难作出这个他们有生以来遇到的最困难的决定。

## "按照你向往的方式生活"

自 20 世纪 80 年代亨廷顿舞蹈病检测技术问世以来, 检测已日渐简化, 如今一个想了解自己患病风险程度的人只要提供一份 DNA 样本就可获知结果了。

测试本身是简单的，但要决定做测试还和以前一样困难，因为仍然没有对亨廷顿舞蹈病的预防、治疗乃至治愈的方法。南茜和其他心理学家们一直在忠告许多与决定做斗争的有患病危险的人。人们都希望通过测试来结束不可知的未来，但当他们得知自己携带了异常基因以后，好像又打开了另一个不可知的潘多拉的盒子。疾病何时会发作呢？那时我多大年纪？病情会很严重吗？还是很轻微？我会变成父母那样吗？

南茜在研讨会上演讲或介绍有关亨廷顿舞蹈病的论文时，强调当人们年轻健康的时候，面对将要死于尚无法控制的疾病侵害这一事实，确实很难理解。即使你深思熟虑你是否想知道你的未来，你也无法想象当你凝视水晶球并被告知命运时你的感觉如何。大多数心理学家都有这样的经验，那些准备做测试的人在得知明确的结果以后都会情绪低落，就是那些发现自己没有异常基因的人在听到结果时，也并不开心。他们仍旧担心他们的亲人是否携带异常基因。

> 无论年龄、性别或其他因素，对任何有患病危险的人来说选择做测试都是一个困难的决定。

如果测试结果他们健康而所爱的人可能携带异常基因时他们会产生犯罪感。

还有其他因素影响做测试决定。有患病危险的人担心测试结果会让他们丢掉健康保险，他们还担心老板会因此而不给他们升职的机会，他们甚至害怕再也没有人和他们约会、结婚。

许多人都向南茜透露，他们想在完成测试之后开始人生新的里程碑，比如选择一个新的职业。或者他们会这样说："如果我知道我就要患病了，我会马上带全家旅行。"南茜和其他心理学家都会提出这样的忠告："为什么不像你想象的那样生活呢？别管你是否携带了亨廷顿舞蹈病致病基因。去上学，换工作，带着全家去旅行，过你自己想过的生活吧！"

对年轻的患病危险者来说，还有一个更沉重的决定是是否生育孩子。虽然有些人选择收养孩子，以避免把疾病遗传给下一代。有一个选择是，如果夫妇二人认为可以接受，可在怀孕期间对胎儿进行监测；另一个可行的选择是接受人工授精，即将父亲的精子和母亲的卵子在实验室里人工结合形成的受精卵先进行包括测试亨廷顿舞蹈病致病基因存在与否在内的一系列遗传学诊断，将没有亨廷顿舞蹈病致病基因的受精卵植入母亲的子宫内。

在接受测试的人中，女性比男性多，年长者比年轻人多。有孩子的人常常会选择做测试。他们一般不是为了自己的缘故，他们做测试的目的是想弄清他们的儿女甚至孙辈患病的概率。如果父母是安全的，他们的后代也会安全；如果父母被确定携带亨廷顿舞蹈病致病基因，他们的孩子步其后尘的概率是二分之一。

无论年龄、性别或其他因素，对任何有患病危险的人来说选择做测试都是一个困难的决定。

"猎手们"已经捕获了致病基因，但治疗方法还躲藏着，成为下一个狡猾的猎物。

没有停顿，捕猎行动在继续。

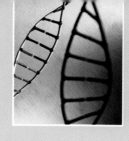

# 8

# 我们找到了！

1984年，南茜搬回了纽约，受聘担任哥伦比亚大学教授。她很快就意识到需要伙伴一起工作。她需要人指导和管理委内瑞拉的研究项目，需要有人协助她的研究和教学工作，让她腾出时间每月看望远在洛杉矶的父亲和姐姐，完成遗传性疾病基金会的工作。除此以外，她每年还要飞到世界各地去参加学术会议。

近些年来，南茜遇到了她中学时代玩吉他的朋友"老虎"迈克尔·拉瑞莫。迈克尔把南茜介绍给他的妻子朱迪。朱迪在迈克尔世界巡演之后正在寻找一份工作。

南茜希望招募一个不惧怕困难的管理者，幸运的是，朱迪·拉瑞莫喜欢迎接挑战。她承担了这项工作，没过多久，南茜就向其他人夸赞朱迪是"非凡的"。

迈克尔也参加到与亨廷顿舞蹈病抗争的队伍中来了。他组织了数场吉他演出募集用于科研的资金，还把销售他音乐CD的款项用于资助亨廷顿舞蹈病委员会。与他在高中时代的昵称一样，他的CD名为《老虎的旋律》。

南茜（左页图）一直在努力与亨廷顿舞蹈病抗争，希望阻止它断送那些患病孩子的未来。DNA螺旋结构以盘旋而上的阶梯形式为特征（上图）。

# 协同工作

　　在全世界都在庆贺寻找基因的新战略诞生的时候，韦克斯勒一家和其他科学家们都认识到，只找到标志物而没有找到基因说明前面的路还很长。比较发现标志物而言，要找到基因还要克服非常多的困难。

　　1983 年，遗传性疾病基金会组织了一个研讨会来攻克这一难题。吉姆·古塞拉是 G-8 标志物的发现者，这一发现缩小了确定亨廷顿舞蹈病基因的位置。吉姆和他的前导师大卫·豪斯曼一起参加了这个研讨会，他们俩很早就想使用 DNA 标志物来发现致病基因。位于埃韦恩的加州大学的约翰·沃思姆斯也来参加这个研讨会。约翰发现了人类的特殊染色体，第 4 条染色体的顶端与第 5 条染色体部分连接在一起。约翰认为，亨廷顿舞蹈病基因位于他已经掌握的第 4 条染色体内，近第 5 条染色体顶端，更具体的位置还需

"基因猎手"们包括南茜（最左）和顾问委员会的成员们。他们在佛罗里达凯斯丹尼斯的避暑地度过一个工作假期。

要进一步的研究。方法是把必须研究的区域局限在第4条染色体顶端，不会遗漏掉亨廷顿舞蹈病基因且尽可能在小的范围内。

来自伦敦帝国癌症研究中心的汉斯·雷瑞茨，提出一种利用机械手段把第4条染色体顶端切割下来的好办法。弗朗西斯·柯林斯则是一位才思敏捷的遗传学新学科的专家。来自威尔士卡迪夫大学的彼得·哈珀（现在是彼得爵士）是一位亨廷顿舞蹈病专家和医学遗传学家。

以上就是来自6个国际性实验室的几位主要研究人员（也是重要的科学家），他们在一起积极地工作寻找亨廷顿舞蹈病基因已经有十余年了。在那些日子里，6个实验室的许多研究生、博士后研究生和技术人员夜以继日地工作着，从来没有周末。他们希望尽快找到目标，因为他们知道有许多生命已危在旦夕。研究机构的官方名称是"亨廷顿舞蹈病研究协作组"，这个机构的昵称是"基因猎手"。

遗传性疾病基金会为实验室的研究提供了资金。基金会科学顾问委员会的专家们与这个机构在一起，为科学家的研究工作提供指导。

顾问包括麻省理工学院的鲍勃·霍维茨，霍维茨教授因为对细胞如何凋亡的发现获2002年度诺贝尔奖；麻省理工学院怀特海德学院的理查德·穆里根，他获得1981年度的麦克阿瑟·吉纽斯奖；P·迈克尔·康奈利，他曾经参加过发现亨廷顿舞蹈病基因标志物的研究小组。

那时候，人们刚刚发明观测DNA的仪器。而DNA排序的方法，即了解DNA双螺旋结构上的每一个碱基对的方法也才诞生没有多久。"基因猎手"们使用的仪器大多是用大的纸巾卷给组装在一起，用巨大的夹子夹住。

在这个协作组中表现确实突出的博士后研究生们一直到今天仍然在研究亨廷顿舞蹈病，立志要找到亨廷顿舞蹈病致病基因。尤为

突出的是，与汉斯·雷瑞茨一起工作的吉莲·贝茨最先培养出携带人类亨廷顿舞蹈病基因的小鼠；与约翰·沃思姆斯一起工作的莱斯利·汤普森，培养出第一个携带亨廷顿舞蹈病基因的果蝇模型；与吉姆·古塞拉一起工作的玛茜·麦克唐纳，则继续研究亨廷顿舞蹈病蛋白质是如何受损的。

科学家们决定以协作组的名义发表成果。在10年里经历了太多的困难之后，没有人因为失去彼此的信任而离开。当然，工作是极端困难的，他们需要彼此的帮助。

协作组最终发明了14项处理和操纵DNA和寻找基因的技术。循着这个方向，他们同时帮助其他研究人员找到了许多致病基因，例如囊性纤维化、乳腺癌、象皮病、LouGehrig病、阿尔茨海姆病等。

这个积极思考，充满想象力和创造力的小组帮助启发、形成并制定了人类基因组计划。这一计划的目标是发现和了解我们全部的基因。1983年遗传性疾病基金会的科学家南茜·韦克斯勒、吉姆·古塞拉、迈克·康奈利和研究小组发现了与亨廷顿舞蹈病基因有遗传学联系的标志物，这一发现震惊了全世界，科学家们认识到用相同的技术可以找到任何基因。发现亨廷顿舞蹈病基因是人类基因组计划启动的开始。

制定甚至实施人类基因组计划是与寻找亨廷顿舞蹈病基因同时进行的。许多"基因猎手"将自己的技术贡献给那些试图发现人类所有基因的组织。例如，弗朗西斯·柯林斯就到华盛顿担任国家健康协会下属国家人类基因组研究协会的领导。这个新机构的创立是为了引导公众人类基因组项目。南茜在这个项目上也发挥了关键性的作用。她担任了人类基因组计划的伦理、法律和社会组织委员会的主席。

很少的顶尖级科学家愿意彼此合作，并不愿意分享他们的研究成果和成功的荣誉。每个人都认为南茜对这次科学家的合作起了促进作用。

研究小组里的每个人都认为委内瑞拉人民帮了大忙。如果没有对委内瑞拉村民捐赠的血样中的DNA进行研究，研究人员不可能有任何研究成果。因为南茜一直坚持每年对委内瑞拉的回访，对基因的研究才能持续进行下去。每年3月，南茜都要背起行囊，向南远行到马拉塞博湖畔那些星罗棋布的村庄。整个行程的主管朱迪·拉瑞莫和数据主管朱利亚·波特都会随行，南茜的搭档赫伯·帕蒂斯也经常一起去。每一次回访研究

老了的"迈克虎"拉瑞莫和妻子朱迪。朱迪是南茜难以估价的、"非凡的"合作者和朋友。

小组都会采集家谱信息，完成以往病例的评估和每年都做的神经学测试。是否出现新的症状？病情有发展吗？村民自己也会做出新的诊断，这些是研究小组过去遗漏的。

有一年研究小组到达以后，科学家们就急切地去看望15岁的特丽莎。小姑娘和妈妈一起欢笑着迎接南茜和其他客人，她看上去和以前几乎一样，但她妈妈却哭着说，"我要失去特丽莎了。"这里的村民结尾的词组总是用"perdida"或不用"el mal"。

南茜紧紧地拥抱了特丽莎。之后南茜告诉神经学家鲍勃·斯诺德格拉斯，她能感觉到特丽莎身体的抽搐。

鲍勃说："我们看一下情况吧，我看似乎还不像病了。"可是等

他给特丽莎做完常规的神经学检测，即眼睛跟随移动的手指转动情况以及反射检查之后，他哭着走开了，村民们似乎还没有被诊断错过。

# 为电视制作的故事

1986 年 3 月，电视栏目《60 分钟》拍摄组来到委内瑞拉拍摄南茜和她的研究小组与当地村民合作进行研究的场面。电视节目制作人认为，一位科学家和她的家庭遇到了神秘的疾病，她们为了自己的生命与这种疾病作斗争，这样的故事一定能够吸引大量的观众。

观众会对测试的问题特别感兴趣，当然不仅是对亨廷顿舞蹈病的检测。一旦测试也适用于其他疾病，成千上万的人都会面临关键的抉择。电视观众都想知道艾丽丝和南茜对测试的感受：对有患病危险的人来说，做出这些选择后会怎样呢？

4 月南茜和艾丽丝回到洛杉矶后，主持人戴安娜·索娅和她的助理、摄制人员等跟随拍摄了《60 分钟》节目的剩余部分，包括在海滩以及米尔顿家中的部分镜头。在节目中，戴安娜和米尔顿一家三口都谈到了有关测试的问题。南茜重述了她向姐姐说过的话：

> 一位科学家和她的家庭遇到了神秘的疾病，她们为了自己的生命与这种疾病作斗争，这样的故事一定能够吸引大量的观众。

"我一直知道我想做这个测试，但现在对我来说这是我一生中最困难的抉择。"但姐姐没有表示她想怎样做。

戴安娜·索娅问道："如果有一天发现了治疗方法，你认为要做什么是最激动人心的呢？"

南茜这样回答："我要在委内瑞拉的小村庄里挨家挨户报告这个消息，我要向他们逐一分发药品，每个人都会喜极而泣。要知道这里有数千名孩子将会因病死去。我再也想不出比这更棒的事了。"

# 玛戈特，曼格斯和米拉克斯

但是，这快乐的一天还在将来很远的地方，在委内瑞拉的研究工作还在继续。1991年，一位名叫玛戈特·麦加·德·扬的医生参加了南茜的研究小组，开始在小村里工作。有一天，她看到一家人正在说服一个因患病而有精神障碍的亲戚，这个病人爬到树上不愿下来，并大声喊着"我是芒果树上的一个芒果！"

身穿亮丽印花衬衫、头戴青绿色棒球帽的德·扬医生来了。她笑着对那位病人说："那太棒了！"她接着说："可是你现在成熟了，是该落地的时候了！"病人再也没有争辩，乖乖地从树上爬下来，回家了。问题如此轻松地解决了。

南茜真不知怎样赞美德·扬医生才好。她说："玛戈特简直是一个奇迹制造者。她总是能完美地调整人们的情绪。"

德·扬医生没有任何治疗亨廷顿舞蹈病的药物和方法，她在城里主要治疗病人的其他方面疾病，如骨折（亨廷顿舞蹈病病人经常摔跤）、肺炎（也是亨廷顿舞蹈病的常见并发症）、虱子和寄生虫（这一地区常见危害之一）。

德·扬医生正在给一个住在卡萨赫加的亨廷顿舞蹈病女孩喂饭。研究小组不仅为病人提供医学知识，还给与他们充满爱心的治疗。

参与南茜研究小组的德·扬医生和其他医生、研究人员每年都很英勇地来到马拉塞博湖地区投入研究工作。但南茜认识到还需要一个应急的场所。他们需要一个用来照顾村民的永久性的地方。1992年，由于玛戈特和南茜研究小组不断施压，委内瑞拉政府和一个名为亨廷顿舞蹈病人之友的组织一起购买了"红牛"酒吧，计划把酒吧改造成一个诊所和研究中心。这个酒吧是圣路易斯马拉塞博湖村最粗犷、最热闹的酒吧，这个曾经充斥着酒鬼、瘾君子，非常吵闹的地方，就会变成医务人员和护理人员为遭受亨廷顿舞蹈病侵害的村民提供服务的场所。但是十几年以后才筹集到足够的资金以改造这个老旧的酒吧。

经过南茜和其他人十余年的艰苦努力和筹集资金，亨廷顿舞蹈病病人终于在卡萨赫加有了一个家。

胜利了

　　即使不是在委内瑞拉进行每年例行的回访工作的时候，南茜也一直投身在亨廷顿舞蹈病基因的研究中。她不仅是研究人员之一，还是众多科学家的拉拉队队长。到1989年的时候，已经有50位来自10个不同机构的研究人员成为亨廷顿舞蹈病协作研究组的成员，从事亨廷顿舞蹈病基因的研究工作。

事实上亨廷顿舞蹈病只影响着全世界很少的一部分人口。为什么还会有如此多的科学家献身于这种疾病的研究呢？其中一个原因是他们解开亨廷顿舞蹈病之谜的信心可以使研究其他疾病的工作更清晰，尤其是在遗传性疾病和神经遗传性疾病（导致脑细胞死亡的疾病）方面。而且这方面的知识会加快攻克那些疾病。

已经有许多科学家访问过马拉塞博湖畔的村庄，看过为那一地区村民拍摄的录像。他们看到那些步态僵硬即患有青少年亨廷顿舞蹈病的孩子，他们年纪幼小，在尚未成熟之前就会因病老化继而死去；他们还看到患病的成年人在乡村的道路上痛苦地蹒跚而行。这些镜头让科学家研究基因的决心越来越强了。

> 他们现在知道，正是这种终生的执著，让南茜能够破解亨廷顿舞蹈病的难题。

到了1992年，协作组已经掌握了位于第4条染色体上某个区域的约100个"备选基因"，科学家们认为亨廷顿舞蹈病致病基因就在这一区域内。这些基因中有一个就是协作组一直在寻找的"皇冠上的宝石"，可究竟是哪一个呢？把这个基因甄别出来需要做大量的工作。

直到1993年2月，一个期待已久的消息终于等来了。基因猎手们终于捕获了他们的猎物——亨廷顿舞蹈病致病基因。10年来独一无二的合作研究终于有回报了。

就连完成这项工作的研究人员们都激动不已，有人说他"真的快晕了"。欣慰，快乐，不敢相信……世界各地的人们在得知这个好消息时感受各异。所有的报纸都报道了这个消息。

这一年已年届85岁高龄的米尔顿激动地说："能看到这一天我太兴奋了，我要为献身这一事业坚持工作10年之久的人们击掌喝彩！"他女儿坚信亨廷顿舞蹈病致病基因一定能够找到，这一坚定信念促进了找到这一基因的研究工作。南茜的爸爸和姐姐都还记得那个曾经执拗地坚持自己穿衣服的小姑娘。他们现在知道，正是这种终生的执著，让南茜能够破解亨廷顿舞蹈病的难题。

# 接触致病的基因

亨廷顿舞蹈病致病基因是如何导致疾病的呢？基因形成一种名为"亨廷汀"的蛋白，这种蛋白含有一种叫做谷酰胺的氨基酸。在亨廷顿舞蹈病病人体内，化学结构的排列顺序即DNA片段C-A-G（C：胞嘧啶，A：腺嘌呤，G：鸟嘌呤）的大量复制导致形成超量的谷酰胺。大脑中的神经细胞就是被这些超量的谷酰胺以某种方式毁坏的。神经细胞被毁坏以后大脑不能正常工作，于是亨廷顿舞蹈病的症状逐渐显现出来。

# 一个小男孩的珍贵遗产

来自委内瑞拉吊脚楼村的小男孩安吉尔，虽然仅仅活到11岁，但他对亨廷顿舞蹈病研究的贡献将使世界上世世代代的人受益。

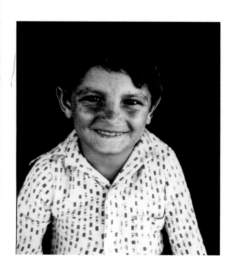

科学家是从遥远的委内瑞拉村庄里的一个小男孩的遗留物中真正了解CAG是怎样复制的。南茜和汤姆·蔡斯第一次探访小村庄时就遇到了这个小男孩安吉尔。安吉尔的父亲在患亨廷顿舞蹈病以前一直是村长，安吉尔两岁的时候就发病了，去世的时候只有11岁。他的DNA却为分析致病基因提供了巨大的帮助。每一位与亨廷顿舞蹈病研究有联系的人都无法忘怀这个小男孩和他的家人以及他的家族图谱上上千名亲属对此的贡献。

究竟是如何从小男孩的DNA中发现亨廷顿舞蹈病基因的线索的呢？吉姆·古塞拉在实验室观察小男孩家人的DNA时，注意到小男孩的DNA上有类似斑点的东西。一开始他认为他看到的是标志物，分析后却显示出他看到的是DNA扩增的片段。实际上吉姆发现男孩的DNA有超过100次的CAG的复制，这是非常大的扩增！这么大的扩增为研究人员给亨廷顿舞蹈病基因定位提供了直接的线索。

# 如此大量的CAG复制

每一个基因都是由化学结构片段或称作核苷酸的物质以一定顺序排列起来组成的。排列顺序决定了基因的差异。这些核苷酸——胸腺嘧啶、胞嘧啶、腺嘌呤和鸟嘌呤分别用T、C、A和G四个字母来表示。如果DNA中包含CAG的排列时，它必定向细胞发出制造氨基酸谷酰胺的指令。制造亨廷顿蛋白的正常基因应有35组CAG或一列谷酰胺。如果这种排列在原有数量上多次复制，这个过程叫做DNA的扩增，就会导致亨廷顿舞蹈病。在一个排列上多于40组CAG的人就会得病，而且CAG复制的数量越多，遗传到亨廷顿舞蹈病基因的人出现症状的时间也越早。

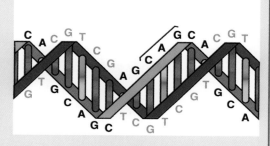

这个DNA小片段显示了6组CAG复制。复制超过40组就会导致亨廷顿舞蹈病。

## 庆祝获得"里程碑"式的进展

大约发现亨廷顿舞蹈病基因一个月以后，南茜和她的研究小组重返委内瑞拉。他们举办了一个大型聚会庆祝科学家们突破性的发现。聚会是在以前的"红牛"酒吧举行的，现在这里已经改造成为一家诊所。人们享受着音乐、美食、汽水和糖果，所有的人都沉浸在欢乐之中。可是当村民们了解到治愈疾病的办法还没有找到时，他们满心疑虑地发问："那我们为何还要聚会庆祝呢？"

南茜耐心地解释道："科学是一步一步进展的，每进一步都非常重要。现在我们已经前进了一大步，这一步非常值得庆祝。"

基因猎手们已经捕获到这个重要的基因，但治疗方法还是在逃的神秘猎物。猎手们一步也没有停歇，开始了新的捕猎行动。

这些委内瑞拉家庭跨越
国界与南茜一家

及其他人一道联手
攻克亨廷顿舞蹈病。

# 9

# 寻找治疗方法

　　南茜来到伦敦盖斯医院吉莲·贝茨的实验室，她托起一只正忙着自己梳理皮毛的小鼠，轻轻地抚摸着它。吉尔跟随汉斯·雷瑞茨做博士后研究生时曾经是基因猎手协作组的关键成员。在协作组发现亨廷顿舞蹈病基因之后，她开始了把亨廷顿舞蹈病基因植入小鼠的实验，并成功地培养出第一只明确携带人类亨廷顿舞蹈病基因的小鼠。这意味着科学家可以在给病人实验性用药之前先在这种小鼠身上发掘和试验新药，观察用药效果。吉尔及其他科学家还可以通过这种小鼠探究有关人类疾病的更多信息。

　　现在躺在南茜手上的这只小鼠已经患有亨廷顿舞蹈病，或者说是一只与人类身体异常非常接近的小鼠。吉尔培养这种疾病的模型鼠的工作确实已经完成了，整个过程非常非常复杂。动物不可能自然获得亨廷顿舞蹈病，而在有关亨廷顿舞蹈病的难题都被解开之前，应该通过与人类尽可能接近的动物了解这种疾病。如果不先在小鼠身上检查用药效果就绝不能把药物用在人类身上。她是如何培养一只患病小鼠来展示亨廷顿舞蹈病的那些无法控制的动作的呢？庞大的亨廷顿舞蹈病基因的哪一部分会让小鼠抽搐和舞动呢？亨廷顿舞蹈病基因也影响小鼠的大脑能力吗？

南茜在一个典型的委内瑞拉环境中专注地了解能够促进亨廷顿舞蹈病研究的工作（左页图）。在实验室里，携带亨廷顿舞蹈病基因的小鼠能够帮助科学家寻找新疗法（上图）。

吉尔的第一个步骤是培养亨廷顿舞蹈病小鼠。她先把部分人类亨廷顿舞蹈病基因植入小鼠的 DNA 中，在那个基因片段中她放置了 150 个 CAG 复制组。结果获得了一组转基因鼠，即每只小鼠都获得了来自父母以外的一个基因。

之后发生什么情况了呢？在 21 周到 3 岁之间，转基因鼠逐渐显现出类似那些亨廷顿舞蹈病人表现的症状。它们晃动、颤抖，摇摇晃晃的步态类似亨廷顿舞蹈病人舞蹈似的动作。它们吃得很多但还是很瘦，总是不断重复做某个动作，比如摸鼻子或梳理皮毛。当南茜把她抚摸过的小鼠放回笼子以后，小鼠马上又开始不断梳理自己的皮毛了。这些小鼠还存在学习和记忆方面的问题。

转基因鼠的病情越来越重。吉尔观察到 CAG 复制数量最大的小鼠 3 个月后就病得很重了（一只正常小鼠可存活 2 年），而 CAG 复制数量很小的小鼠在多月以后才发病，而且病情也轻一些。继续坚持对转基因鼠子孙后代进行研究，吉尔和她的同事成功地识别了转基因鼠和亨廷顿舞蹈病病人神经细胞中的大量亨廷顿舞蹈病蛋白。

## 了解小鼠

整个 20 世纪 90 年代，亨廷顿舞蹈病的研究者认识到小鼠用于辅助研究很有价值。哥伦比亚大学的两位科学家阿吉瑞斯·埃斯特瑞迪亚迪斯和他的博士后研究生斯科特·瑞特林，共同培养出一种他们起名叫"敲掉"的小鼠。他们把小鼠体内自己的亨廷顿舞蹈病基因去掉，不放回任何别的基因（小鼠自己的亨廷顿舞蹈病基因有 87% 与人类亨廷顿舞蹈病基因相同），结果如何呢？小鼠死了！这证明了亨廷顿舞蹈病基因对生命起到某种必需的作用。因此用去掉亨廷顿舞蹈病基因的方法治疗亨廷顿舞蹈病显然是行不通的。亨廷顿舞蹈病基因似乎合成了对生命非常重要的蛋白。

这两位科学家还培养了他们起名为"添加"的小鼠。他们把这种小鼠自己的亨廷顿舞蹈病基因原有的规模扩大了。这些小鼠显现了轻微的亨廷顿舞蹈病症状。后来，他们又培养了CAG大量扩增的"添加"小鼠，结果小鼠出生不久就出现了严重的亨廷顿舞蹈病症状。

后来弗林特·毕尔在纽约威尔科内尔医学院建立了实验鼠工作室。与吉莲在伦敦的工作一样，这里的科学家在几组不同的亨廷顿舞蹈病模型鼠身上试用那些可能对治疗亨廷顿舞蹈病有用的药物。与此同时，世界各地的许多实验室都有科学家在对亨廷顿舞蹈病小鼠试用不同的药物，观察药物对小鼠行为、症状和寿命的影响。

研究人员爱雅玛莫图（左）和瑞纳·汉在哥伦比亚大学瑞纳·汉博士实验室进行实验，他们将人类亨廷顿舞蹈病基因植入试验鼠体内。

在亨廷顿舞蹈病鼠研究方面有一个实验很激动人心。哥伦比亚大学瑞纳·汉的研究生（爱雅玛莫图）在将人类亨廷顿舞蹈病基因植入小鼠体内的同时设置了一个特殊的基因"开关"，一旦小鼠开始显露症状时就关闭亨廷顿舞蹈病基因的开关。令人吃惊的是，小鼠的大脑居然开始自我治疗，这时不再产生亨廷顿舞蹈病有害蛋白。这只小鼠随后停止了异常动作，学习能力也改善了。

遗传性疾病基金会一直在举办研讨会，组织大型国际会议，为亨廷顿舞蹈病研究提供大量资助。其他的组织也在提供各种帮助。

# 休闲中的科学家们

丹尼斯·施是一位退休的商人，他创建了一个私人基金提供对亨廷顿舞蹈病家庭的关怀，并且在佛罗里达利用自己的房产建立了一个论坛活动地。在这里，他组织了他担任托管人的遗传性疾病基金会和丹尼斯基金会的联合研讨，这样的会议比所有的科学会议都要轻松得多。一些科学家穿着泳衣、带着装满资料的公文包在海滩上漫步，另一些人斜靠在按摩浴缸里计划着下一阶段的实验。研究人员在聚会地听音乐，享受海滩烧烤，参加晚会。在那儿，科学家们享受着快乐，这对严肃和紧张的科研工作是一种放松。虽然来聚会的人们都放松了，丹尼斯却总是忙于寻找亨廷顿舞蹈病的疗法。他的两个孩子都有从母亲那里遗传这种疾病的危险。

在丹尼斯的海滩上聚会只是亨廷顿舞蹈病研究者在实验室以外享受生活的一个方面。遗传性疾病基金会经常在小组会或国际会议期间组织有趣的聚会。以扮演电影《星球大战》中的雷亚女王而知名的演员卡丽·费什担任基金会的托管人时，为基金

> 一些科学家穿着泳衣、带着装满资料的公文包在海滩上漫步，另一些人斜靠在按摩浴缸里计划着下一阶段的实验。

会敞开了她的家门，结果许多洛杉矶名人欣然前来捧场。

1998 年米尔顿 90 岁生日和基金会 30 周年之际，南茜、艾丽丝和基金会为米尔顿专门组织了一次庆祝会。托管人卡罗尔·伯奈特、朱丽亚·安德鲁斯和莎莉·卡尔曼一起为米尔顿唱起了"生日快乐"歌。从米尔顿告诉他的两个女儿妈妈的病情以及她们也可能患病的那一刻起，30 年过去了。在这特殊的时刻，米尔顿、南茜和艾丽丝共同为米尔顿和基金会所取得的成就举杯庆贺。

# 从酒吧到护理之家

另一个欢快热闹的聚会是 1999 年在委内瑞拉马拉塞博湖地区举办的。这个聚会是卡萨赫加的开幕式，卡拉赫加就是曾经的粗俗酒吧"红牛"，现在这里已成为诊所和护理之家。

经过多年的整修和筹集资金，这个可让很多人受惠的诊所终于向病人开放了。"红牛"酒吧现在变成了"卡萨赫加"，它是西班牙文，翻译过来的意思是"爱和信念：亨廷顿舞蹈病人之家"。

南茜和玛戈特·德·扬博士在致辞中说：
"爱是为病人提供的第一份药物；对科学的信念则是寻找治疗方法的精神支柱。"

前来参加卡萨赫加开幕仪式的嘉宾包括圣路易斯市市长、省政府首脑和美国驻委内瑞拉大使等。庆祝会上播放着欢快的乐曲，盘碟上高高地堆着美食。从庆祝会当时拍摄的照片上南茜、美国驻委内瑞拉大使和德·扬博士欢乐的笑脸可以充分感受那幸福的时刻。

那天还有一个重要的嘉宾爱默瑞克·内格瑞特博士，他于1952年最早诊断出马拉塞博湖地区的亨廷顿舞蹈病人。内格瑞特博士、南茜和德·扬博士，由于他们的杰出贡献得到了嘉奖。美国驻委内瑞拉大使约翰·麦斯图特别赞扬了德·扬博士和南茜，他说："通过这两位分别来自委内瑞拉和美国的杰出女性，我们实现了文化和科学方面成功的交流，它将使投身于亨廷顿舞蹈病患者的治疗和研究事业的所有人受益。"

一个粗俗的酒吧变成了亨廷顿舞蹈病人之家。完成卡萨赫加的非凡转变的人包括（从左到右）：圣路易斯市市长萨迪·毕加尼，朱利亚州州长夫人格拉迪斯·德·阿瑞斯·卡德纳斯，南茜，美国驻委内瑞拉大使约翰·麦斯图和玛戈特·德·扬博士，他们共同为开幕式剪彩。

毕加尼市长为爱默瑞克·内格瑞特博士（左）授予荣誉勋章。内格瑞特博士拍摄的有关马拉塞博湖村民的影片最早激发了南茜研究这一地区亨廷顿舞蹈病发病情况的决心。

哈佛大学医学院神经学研究所负责人安娜·扬博士。她负责神经学测试，她不仅是这位年轻女病人的医生，还是她的好朋友。

卡萨赫加彻底改变了马拉塞博湖地区数百人的命运。那些曾经在街头乞讨挨饿的病人，现在每天都可以在卡萨赫加得到许多食物，为他们无法控制地不停活动提供足够的热量。

有些病得比较重的人就住在护理之家，其他的病人则白天来这里拿食物并接受治疗，那些因病重而离家病人的家人会顺便来这里拿些食物给他们的亲人。

今天卡萨赫加一直在为亨廷顿舞蹈病人提供干净的床铺、衣服，还有尊严和健康的感觉。整个家非常干净，所有工作人员身着整洁的制服。职员都是亨廷顿舞蹈病人的亲属，因为玛戈特和南茜的原则是优先录用病人家属，在卡萨赫加工作的薪水可以帮助他们照顾有病的亲人。事实证明"爱和信念之家"恰如其名。

# 再一次庆祝

米尔顿、南茜在1999年的义演中和"红辣椒"乐队的队员们开心合影。

投身研究亨廷顿舞蹈病事业的人们在告别20世纪的时候迎来了又一件喜事。1999年"红辣椒"和"洛杉矶雅典娜"乐队联手组织了一场义演，演出的收入用于遗传性疾病基金会和一家音乐人保护机构的基金。"红辣椒"用经典和清新的曲调激荡着加州的夜晚，为遗传病研究送上了一份热辣的礼物。

演出结束了，所有的人都盼望能在21世纪到来不久庆祝治愈亨廷顿舞蹈病那一天的到来。

# 科学的进步

　　21世纪的最初几年，南茜和她的研究小组仍然每年春天奔赴马拉塞博湖地区。像往年一样，在开始7周行程之前，他们会把一年来收集的衣服和其他有用的物品装船运往委内瑞拉。长袖运动服和毛衣给男人们夜间打鱼时保暖，短裤和T恤衫给人们在酷热的夏季穿着，毯子、毛巾和玩具是给孩子们的，药物是给所有人的。回到村庄里，研究小组成员们像往常一样忙于进行神经学测试、采集血样和恢复友情。

　　但不幸的是，自从2002年回访以后，研究小组再也没有回去过。在委内瑞拉村民和美国科学家形成紧密联系20年以后，由于不稳定的政治局势，美国政府劝阻了研究小组的回访行动。南茜说："我们正期待着情况不久就会变好，我们渴望回到那里再次见到我们的朋友。"

　　多年来的工作推动了对这项疾病研究的进展。DNA样本和描绘着复杂关系的家族图谱提供了大量的有用信息。例如，研究人员曾经认为，亨廷顿舞蹈病的发病年龄也就是亨廷顿舞蹈病症状初次出现的年龄仅由亨廷顿舞蹈病基因自身以及CAG的复制数量所决定。经过对443例委内瑞拉病人数据的分析，南茜研究小组发现，发病年龄还受其他基因以及个人生活环境因素的影响。由于委内瑞拉家庭要比美国和加拿大家庭的发病年龄早，科学家必须要弄清楚造成这种差异的原因，是遗传因素，环境因素，还是两者都有？

　　虽然南茜没有自己的孩子，但她对世界上所有亨廷顿舞蹈病家庭中成千上万个孩子充满了深情的爱、亲情和责任心。

科学家现在的研究方向是研制药物阻止携带异常亨廷顿舞蹈病基因的人早期发病。这种药物的作用需要能够仿照明确推迟发病的环境或遗传因素的保护行为。正如南茜所说："我们希望我们的项目能够找到用于治疗并治愈的方法，而不仅仅是减轻疾病。我们的目标是阻止疾病，包括防止疾病出现以及把患者发病的年龄推后140年，超过人的寿命。"

> 他们的研究就像为一幅巨大的拼图安装小插片，每一个新的发现都有利于整幅图画的复原。

## 治疗方法的未来

并不只有南茜和她的研究小组在寻找治疗亨廷顿舞蹈病的方法。1997年，遗传性疾病基金会发起了"治愈亨廷顿舞蹈病启程"项目，这是一项快速追踪寻找疗法的尝试活动。分子生物学家卡尔·约翰逊参加了这个项目，并担任基金会科学方面的执行官至今。研究人员正在努力确认，在第一现场，是什么原因使疾病显露出来？什么因素会让它发展？在遗传性疾病基金会和其他组织的资助下，他们用小鼠、斑马鱼、水母、果蝇甚至小蛔虫等动物进行实验。

科学家通过动物实验掌握了许多资料。他们的研究就像为一幅巨大的拼图安装小插片，每一个新的发现都有利于整幅图画的复原。虽然没有人能够安装上所有的插片，但拼图仍在缓慢且准确地显露原貌。南茜始终站在科学家的最前面推动拼图的完成。

## 今天的韦克斯勒一家

南茜的姐姐艾丽丝在她的著作《绘制命运图谱：关于家庭、风险和遗传学研究的回忆录》中讲述了韦克斯勒一家，以及有关亨廷顿舞蹈病标志物、亨廷顿舞蹈病基因的研究。在谈到韦克斯勒一家献身于亨廷顿舞蹈病研究事业时写到"这有一点像家庭事务。我们总是在谈这件事。我理智地发现它令人兴奋。有时候为此而工作是让你自己远离悲剧和学会承受的一种方式。"

现在艾丽丝和南茜似乎都已经远远超过了这种疾病通常被确诊的年纪，当然亨廷顿舞蹈病也可能会到年纪大时才显露出来，遗传病危害的阴影仍旧笼罩着她们。除了她们自己，她们还承担着为世界上其他患者尽快找到治疗方法的责任。这是一场与时间的赛跑。南茜乐观地表示："当我沿着马路边沿行走并没有掉下来的时候，我就告诉自己我没有得病。"

米尔顿已经97岁了，他因为另一种疾病——黄斑变性的必然后果而失明了。但他仍然与病人见面，他说："如果不让我给病人治病，那我的生命就没有意义了。"他仍旧承担遗传性疾病基金会委员会主席的要职，并且密切关注遗传性疾病研究的进展。

艾丽丝、米尔顿和南茜——父亲和他的两个女儿。他们全身心地投入了与亨廷顿舞蹈病的抗争，他们的脚步从来不曾停歇。

除了艾丽丝和米尔顿，南茜还把所有的委内瑞拉人都当作自己的家人。难以置信的是，南茜第一次去委内瑞拉时遇到的那个有14个孩子的家庭现在已经有了70个孙子和重孙。用现在掌握的知识已经能够确定14个孩子中有几个是纯合体，也就是说他们的父母都是亨廷顿舞蹈病患者，他们从双亲身上都遗传了致病基因。南茜在谈到她们最后一次访问委内瑞拉的情况时说："我们预期的情形是纯合体病人的病情要比其他病人严重一倍。但纯合体的临床表现和其只从父母一方遗传了致病基因的兄弟姐妹几乎一样。这种现象对遗传性疾病来说不同寻常，也是意料之外的。"南茜在她的报告结束时说："我们一直努力调查其他遗传性疾病，这需要大量的研究人口。许多人认为遗传性疾病只是很小的一类疾病，但奇怪的是，公众面临遗传性疾病时要比面对其他疾病脆弱得多。关节炎、心脏病、肥胖症和糖尿病也都是可以遗传的，但病人可以获得较长的寿命。"南茜认为如果我们绘制出自己的家族图谱，我们可以更多地了解自己、了解我们的亲人患过哪些疾病，我们和我们的医生就可以掌握更多的信息来防治这些遗传性疾病。

南茜生活中的乐趣和生命中的天职就是尽快找到亨廷顿舞蹈病的治疗方法。她觉得能够有机会做如此重要的工作实在幸运。

## 南茜的礼物

今天南茜仍然在探索亨廷顿舞蹈病和其他遗传性疾病的治疗方法。许多科学家认为南茜的科研工作使她胜任了组织和推动发现亨廷顿舞蹈病基因研究的"领袖"角色。

由于她的努力，全世界的人们都在以各种方式与亨廷顿舞蹈病抗争。科学家们希望通过实验发现治疗方法。美国和其他许多国家的资助机构把他们的临床经验和新的希望传递给病人和有患病危险的人们。

也有许多个人以不同的方式参与进来。例如纽约州的一对30余岁的兄弟麦克·奥伯瑞恩和克里斯·奥伯瑞恩，以一种独特的方式为亨廷顿舞蹈病研究作出了贡献。他们决定攀登世界最高峰珠穆朗玛峰，为遗传性疾病基金会筹集资金，并促进公众对基金会的了解。麦克和克里斯是一位医生和一位护士的第4个和第7个孩子。亨廷顿舞蹈病夺走了他们的妈妈和一个姐姐的生命，另一个姐姐也受到此病的侵害。不幸的是，2005年5月1日，麦克在登山时意外身亡。

对南茜来说，科学研究是最激动人心的。她说："我热爱我正在做的事。参加到与遗传性疾病的抗争中来，让我的生活有了目标和方向。我有机会参与开创性的研究，为拯救生命提供希望，这是多么荣幸和快乐。"

如她所说，她又在准备启程去参加另一个学术会议。这次是神经学会的年会，她前去看望老朋友，了解他们所研究领域的新进展，当然还要参加会议期间肯定会举办的聚会。

在离开之前，南茜想抽出时间和赫伯去看一场电影。"也许一天可以看两场！"南茜憧憬着，也许下次旅行她可以不用工作。确实南茜和赫伯已经好久没有度假了。希望今年的意大利之旅可以成行。

南茜这样总结她的科研生活："当我们发现亨廷顿舞蹈病出现在我家时，我的最坏的感觉是我什么都做不了。我父亲告诉我们没有治愈的办法，但他从来就没有说过没有希望。"

那些委内瑞拉家庭跨越国界与南茜一家及其他人一道联手攻克亨廷顿舞蹈病。这些人为医学的发展作出了巨大的独特贡献，并且没有停下脚步。这是一份最感人的礼物。

麦克和克里斯兄弟。他们的母亲和姐姐死于亨廷顿舞蹈病。这张照片摄于他们攀登珠穆朗玛峰时，这次登山活动是为促进亨廷顿舞蹈病研究和筹集基金而进行的。麦克不幸在另一次登山时遇难，但他们的精神长存。

# 南茜·韦克斯勒的生活纪录

1945 年　　南茜于 7 月 19 日出生，姐姐艾丽丝比她大 3 岁。

1961 年　　南茜的舅舅杰西·萨宾死于亨廷顿舞蹈病。

1962 年　　保罗·萨宾死于亨廷顿舞蹈病。

1963 年　　南茜在加州洛杉矶高中毕业。

1965 年　　西默尔·萨宾死于亨廷顿舞蹈病。

1967 年　　南茜从马萨诸塞州剑桥哈佛大学瑞德克利夫学院以优异成绩获得心
　　　　　　理学和社会关系学学士学位。她在牙买加金斯敦德西印度大学和英
　　　　　　国伦敦的汉姆斯帝德诊所担任了一年富博瑞特访问学者。

1968 年　　南茜的妈妈里奥诺尔·韦克斯勒确诊为亨廷顿舞蹈病，南茜的父亲
　　　　　　米尔顿·韦克斯勒创立了遗传性疾病基金会的前身组织。

1974 年　　南茜于密歇根大学获得心理学博士学位。她开始在纽约市社会学研
　　　　　　究新学院教授心理学。

1976 年　　南茜移居华盛顿担任控制亨廷顿舞蹈病及其后果委员会的执行官。

1978 年　　里奥诺尔死于亨廷顿舞蹈病。

1979 年　　南茜和研究人员汤姆·蔡斯一起首次赴委内瑞拉马拉塞博湖地区采
　　　　　　集血样。

1981 年　　对马拉塞博湖地区的首次研究访问促成了南茜等人开始一项美国和
　　　　　　委内瑞拉联合研究项目。

1983 年　　南茜和其他科学家报告发现从遗传学上连接亨廷顿舞蹈病基因的一
　　　　　　种 DNA 标志物。

1984 年　　南茜成为纽约市哥伦比亚大学教授。

| | |
|---|---|
| 1986 年 | 韦克斯勒一家和亨廷顿舞蹈病成为《60 分钟》栏目的主角。 |
| 1992 年 | 《时代》杂志刊登了南茜人物介绍。 |
| 1993 年 | 南茜和亨廷顿舞蹈病协作研究组（"基因猎手"）其他成员报告发现亨廷顿舞蹈病基因。南茜获得阿尔伯特·雷斯科公众服务奖。 |
| 1995 年 | 南茜的姐姐艾丽丝出版《绘制命运图谱》一书，讲述韦克斯勒一家和亨廷顿舞蹈病基因研究的故事。 |
| 1996 年 | 南茜和其他研究人员又开始长达 9 年的研究，他们用小鼠和其他实验动物使亨廷顿舞蹈病研究取得新的进展。 |
| 1997 年 | 巴德学院授予南茜荣誉科学博士学位。遗传性疾病基金会下属的"治愈亨廷顿舞蹈病启程"项目启动。 |
| 1999 年 | 委内瑞拉马拉塞博湖的亨廷顿舞蹈病诊所和护理之家"卡萨赫加"正式开放。 |
| 2002 年 | 南茜领导的遗传性疾病基金会开始与调研人员合作审查用于亨廷顿舞蹈病治疗的药物。 |
| 2004 年 | 南茜和美国－委内瑞拉联合研究项目组证实，亨廷顿舞蹈病的发病年龄并非由亨廷顿舞蹈病基因单独确定。 |
| 2005 年 | 南茜和基因猎手团队继续探究治愈亨廷顿舞蹈病的方法。 |

# 术语表

　　本书讲述一位神经心理学家的故事。为了了解书中一些科学词汇的含义，我们有必要学习一点希腊语和拉丁语。Neuropsychologist 一词的前缀"neuro"源于希腊语单词"neuron"，意思是"神经"。神经学是研究中枢神经系统及其疾病的科学；心理学则是研究人类行为、情感以及精神状态的科学。Psychology 一词的前缀"psycho"源自希腊语单词"psyche"，意思是"思想"。神经心理学家研究人类行为和中枢神经系统紊乱之间的关系。

　　以下是一些你可以在这本书中找到的科学名词。你可以借助字典，了解一下关于这些单词的更多含义。

**首发年龄(age of onset)**：一个患有某种疾病的人首次出现症状的年龄。

**人类学(anthropology)**：研究人类的科学，着重研究人类的遗迹、作品和文化。而精神病学领域的人类学家则研究某种文化的精神特质和行为特征。

**自体(autosome)**：性染色体以外的其他染色体。自体遗传性疾病是一种男女均可遗传的疾病。

**染色体(chromosome)**：位于生命体的细胞核中的微小的 DNA 片段。染色体携带着决定生命体遗传特征的基因。绝大多数人类具有 23 对染色体。

**退化的(degenerative)**：精神上和体力上不断发展的衰落和退化。

**DNA(deoxyribonucleic acid)**：脱氧核糖核酸。活细胞染色体中携带着遗传密码的微小颗粒。这些微小颗粒组成长长的螺旋状阶梯，称为双螺旋结构。

**显性(dominant)**：这是基因的一种性状，显性基因是指具有某种遗传特性的一对等位基因无论出现一个或者两个都能够显现出这种特性。

**首发病例(founder)**：在一个家族中多代遗传了某种遗传性疾病，第一个患有这种遗传性疾病的家庭成员即为首发病例。

**基因(gene)**：由 DNA 构成，是染色体的一部分。基因影响着父代向子孙后代传递特征的遗传和发展。

**遗传学(genetics)**：研究同一种生物遗传和演变原理的一门科学。

**基因组(genome)**：染色体上的整套基因。

**纯合体 (homozygote，又称纯合子)**：指一个人遗传自父亲和母亲的两个基因型均为正常的或者非正常的。

**亨廷顿舞蹈病(Huntington's disease，HD)**：一种中枢神经系统退行性遗传性疾病，以运动障碍和个性改变为疾病的主要特征。最早向世人准确描述这种疾病的是乔治·亨廷顿医生，因此这种疾病以他的名字命名。

**标志物(marker)**：在不同个体中有所变化的 DNA 片段。通过观测标志物的遗传形式有助于确定与某种特征相关的基因的所在位置。

**核苷酸(nucleotide)**：构成 DNA 基本结构单位的化合物。主要有四种核苷酸，分别是腺嘌呤核苷酸(腺苷酸，AMP)、鸟嘌呤核苷酸(鸟苷酸，GMP)、胞嘧啶核苷酸(胞苷酸，CMP)、胸腺嘧啶核苷酸（胸苷酸，TMP)。

**谱系(pedigree)**：包含了拥有一个共同祖先的所有人的家谱。谱系图有助于遗传学家分析家族成员某些特征的遗传过程。

**蛋白质(protein)**：由必需氨基酸组成的生物大分子，是组成生物细胞的基本物质。当一种由"亨廷顿基因"构成的蛋白质含有大量扩增的谷酰胺时，就会导致亨廷顿舞蹈病的发生。亨廷顿舞蹈病会造成大脑中的神经细胞被破坏。

**精神分析学家(psychoanalyst)**：通过帮助病人寻找其潜意识中的恐惧、感受和体验等致病因素，来治疗病人意识、情感和行为上的紊乱的专家。

**社会学(sociology)**：研究某一个特定人群的群体行为的科学。

# 延伸阅读

## 网络上的《走进女科学家的世界》

现在你已经认识了南茜·韦克斯勒，也了解了她的科学研究工作。你是否想了解如何成为一名神经心理学家？你是否还想了解法庭人类学家，野生动物学家，或者机器人设计师呢？只要打开 www.iWASwondering.org，点击 Women's Adventures in Science 网页，你就可以找到有关的信息。你还可以展示你自己有趣的科学经历，玩游戏，欣赏动画，模拟科学家的工作，幸运的话，你甚至能够见到那些改变了我们的世界的优秀女科学家。

## 图书

托尼·艾伦，《了解DNA：科学上的一项惊人突破》（Understanding DNA：A Breakthrough in Science）芝加哥赫纳曼图书馆，2002。这本书阐述了遗传学研究的历史，介绍了所有对解开DNA之谜作出贡献的科学家，从最早的格里高利·孟德尔，到20世纪50年代的詹姆斯·沃森和佛朗斯·克里克。书中用了大量照片、事例和时间表讲述那些引人入胜的故事。

弗兰·博克威尔 等，《拥有良好的DNA》（Have a Nice DNA，见"有趣的细胞排列"丛书），纽约冷泉港出版社，2002。这套丛书带你走进细胞、蛋白质和DNA的神秘世界，开展一次有趣的探索。动人的故事、趣闻和生动的叙述使整个旅程充满乐趣。

艾尔文·西弗斯登 等，《DNA》，21世纪出版公司，2002。这本书带你探索DNA的秘密，揭示科学家如何破解DNA之谜，了解遗传是如何发生的，氨基酸、RNA和DNA的构造。书中还讨论了人类基因组计划、基因图谱和基因工程等大家关注的内容。

南希·威林，《双螺旋》（Double Helix），纽约戴尔出版公司，2004。这是一部内容情节非常精彩的悬疑小说，塑造了一位患有亨廷顿舞蹈病的年轻英雄。书中有大量描述基因工程的内容，涉及许多重要的科学问题。

## 网站

遗传学研究中心：http:// gslsc.denetics.utah.edu

美国犹他大学设立的网站。可从中浏览到有关遗传性疾病在家族中遗传的路径。在该网站的互动生物技术实验室，你可以尝试一下实验分子生物学家运用过的新技术。

**科学：基因舞台**：http：// www. Ology.amnh.org / genetics / index.html

位于纽约的美国自然史博物馆邀请你开始一段遗传学的旅程，学习做一个DNA侦探，在家里采集DNA，制作一个DNA手镯，以及其他许多有趣的活动。

**哈沃德·休斯医学中心**：http：// www.hhmi.org/genetictrail/ a100.html＃TOP

在"搜索一种致命的基因"这个故事中，你将会结识一位名叫杰夫·皮纳德的富有才华的大学生。他患有一种叫做囊性纤维化的严重遗传性疾病，但他勇敢面对严重疾病的挑战，还在实验室担任了志愿者。杰夫在实验室里从事DNA片段的分析工作，对自己和他人的基因突变进行研究。

# 参考书目

作者在写作这本书时，除了采访南茜·韦克斯勒及其家人、朋友以外，还翻阅了大量书籍进行研究。以下是部分参考书目。

娜塔莉·安吉尔，《野兽之美：生命本质的重新审视》，波士顿：Houghton Mifflin，1995。

沃特·鲍德默等，《人类之书：人类基因组计划和发现我们的遗传学遗产之旅》，纽约：Scribner，1995。

凯文·戴维斯，《追踪基因：参加破解人类DNA之谜的竞赛》，纽约：The Free Press，2001。

史蒂夫·琼斯，《基因的语言：解开遗传学过去、现在和将来的谜题》，纽约：Anchor Books，1995。

马特·雷德勒，《基因：具有23个章回的自传》，纽约：HarperCollins，1999。

芭芭拉·罗斯曼，《基因图谱和人类的假想：探寻我们究竟是谁的科学极限》，纽约：W. W. Norton，1998。

艾丽丝·韦德斯勒，《绘制命运图谱：关于家庭、风险和遗传学研究的回忆录》，伯克利：加州大学出版社，1995。